UN MOT
POUR UN AUTRE

DU MÊME AUTEUR

La Mandarine blanche
roman
Le Rocher, 2005

Coxyde
roman
Le Somnambule équivoque, 2006

Un bouquin n'est pas un livre
Les nuances des synonymes
Points, « Le Goût des mots », n° P1548, 2006

Rémi Bertrand

UN MOT POUR UN AUTRE

LES PIÈGES DES PARONYMES

INÉDIT

Points

L'auteur a bénéficié, pour la rédaction de cet ouvrage,
du soutien de la Communauté française de Belgique.

Les illustrations présentes dans cet ouvrage
sont de l'auteur.

www.remibertrand.net

TEXTE INTÉGRAL

ISBN 978-2-7578-1044-6

LE GOÛT DES MOTS

UNE COLLECTION DIRIGÉE PAR PHILIPPE DELERM

Les mots nous intimident. Ils sont là, mais semblent dépasser nos pensées, nos émotions, nos sensations. Souvent, nous disons : « Je ne trouve pas les mots. » Pourtant, les mots ne seraient rien sans nous. Ils sont déçus de rencontrer notre respect, quand ils voudraient notre amitié. Pour les apprivoiser, il faut les soupeser, les regarder, apprendre leurs histoires, et puis jouer avec eux, sourire avec eux. Les approcher pour mieux les savourer, les saluer, et toujours un peu en retrait se dire : « Je l'ai sur le bout de la langue – le goût du mot qui ne me manque déjà plus. »

Ph. D.

Intention, périple éminent !

« Veillez gagner vos postes ! »

Juché avec habilité sur son mât, le vigile donne l'alerte. Dix mètres plus bas, chacun cesse d'hiverner, effile la lame de son arme, s'affaire à bribe abattue. Soudain le ciel s'obture, on ne décerne plus la voix du guetteur en fraction, perdue dans les tumulus. Alors chacun y va de sa conjoncture plus ou moins originelle sur la nature du danger invoqué et qu'il va falloir circoncire. Inclination anormale du navire : « Avanie ! » clament les uns. Peur d'une harde de pirates faisant éruption : « Collusion ! » crient les autres. Tous craignent l'avènement qui les fera sombrer dans l'océan Pacifiste, quand la voix fait soudain entendre le nom du périple :

« Paronymes, droit devant ! »

Paronymes ?

Gangsters des mers ? Monstres marins ? Ouragans ?

Rien de tout cela !

Paronymes : habitants – curieux et redoutés – de la planète langue française…

Curieux, car ceux-ci ont perdu la boule… ou plutôt l'ont dédoublée ! Qui se ressemble s'assemble, dit-on : ainsi ces mots – puisque ce sont des mots – ont-ils pris l'habitude de s'apparier en fonction de leurs similitudes physiques… C'est d'ailleurs le sens de leur appellation : les paronymes sont des « noms » (signification du grec *onoma*) qui se trimbalent toujours l'un « à côté » (*para*) de l'autre. *Abjurer* renonce à ses convictions ? *Adjurer* n'est pas loin, qui le supplie de n'en rien faire. *Prolifique* publie chaque année ? *Prolixe* le jalouse, qui n'en finit pas d'ajouter des pages à son manuscrit. *Effraction* force une serrure ? *Infraction* est dans ses pas, qui viole une propriété privée…

Redoutés, car, ainsi accouplés, on en vient inévitablement à les confondre ! Ce ne sont pourtant pas de parfaits sosies, contrairement aux homonymes : alors que ces derniers se prononcent (et parfois s'écrivent) exactement de la même manière (vers, ver, verre, vert, vair ; prémisses, prémices…), les paronymes ne sont que des formes « relativement » proches – les uns et les autres étant de sens éloignés, du moins *a priori*. Toutefois, il ne suffit pas que des mots se ressemblent pour être qualifiés de paronymes ; il faut en outre que leur proximité formelle engendre l'hésitation. Certains mots se prêtent plus volontiers que d'autres à ces rapprochements : ce sont des mots connus mais peu fréquents plutôt que de tous les jours, et/ou des mots représentant des abstractions plutôt que des objets tangibles, et/ou encore des mots n'étant pas sans liens sémantiques… À qui viendrait l'idée de manger une foire ou d'aller à la poire ? En revanche, combien peuvent affirmer sans hésiter que le crapaud *coasse* et que le corbeau *croasse* ?

Une syllabe en moins, deux lettres inversées, une autre substituée… Quelles que soient leurs différences, les paronymes partagent un véritable « air de famille » !

L'expression résume bien l'ambiguïté entretenue par ces mots : leur ressemblance doit-elle tout au hasard (« Ce n'est qu'un air de famille ! » s'empresse-t-on d'ajouter)… ou ne lui doit-elle rien (« Ce n'est pas qu'un air… » concède-t-on, avant d'être aussitôt invité à fournir plus de précisions…) ? Voisins ou cousins ? Si quantité de paronymes n'ont pas d'ancêtre commun, d'autres, plus nombreux sans doute, sont issus d'une même racine étymologique. Tous cependant cultivent l'art de la confusion jusqu'à doubler, bien souvent, leurs similitudes formelles de subtiles affinités sémantiques… parfois inattendues, car de « simples voisins » en ont parfois davantage que de « vrais cousins » : des étrangers comme *collision* et *collusion* se retrouvent dans l'idée de rencontre, alors que des parents comme *induire* et *enduire* ont des activités peu comparables… Paradoxe qui ne fait qu'ajouter à la confusion générale !

Bref, les paronymes n'ont pas leur égal pour semer le trouble et susciter la méprise. Dans la traversée qui suit, vous ferez connaissance avec une poignée d'entre eux : en les côtoyant, vous découvrirez moins de mots redoutables que de belles personnes… et vous réaliserez que les « pièges » qu'ils vous tendaient n'étaient que des invitations au voyage.

Rémi Bertrand

acception, acceptation

On peut naître jumeaux, s'habiller pareil, avoir les mêmes amis et se disputer les mêmes filles pendant des années : on n'en finit pas moins par prendre des trajectoires différentes, voire opposées. Ainsi, *acception* et *acceptation* ont poussé leur premier cri ensemble et ont bu au même sein. Maman *acceptare*, signifiant « recevoir souvent », a mis au monde deux ravissants et sympathiques rejetons. Ils se ressemblaient tant qu'on leur donna le même nom. Comme l'un des bébés était un peu plus grand que l'autre, on lui accorda une syllabe supplémentaire. *Acceptio* et *acceptatio* ont grandi main dans la main, désignant toujours la même chose : l'action de recevoir des hôtes, puis de recevoir quelque chose (une proposition, par exemple) et de l'approuver, et enfin de recevoir un individu… plutôt qu'un autre (la jolie *persona* en sait quelque chose, elle qui fut courtisée par nos jumeaux, comme le prouve l'existence des deux expressions, *personae acceptio* et *personae acceptatio*, marquant chacune l'action de recevoir une personne par préférence, bref de choisir – ce que *persona*, séduite par les deux frangins, ne put faire).

Comme *acceptio* et *acceptatio* commençaient à s'ennuyer, ils décidèrent d'étendre leur champ d'action. Un crochet par la clinique des Emprunts, au XIIIe siècle, les fit passer du latin au français, langue où la plupart de leurs amis finissaient par arriver tout seuls depuis quelque temps. L'opération fut un demi-succès, autrement dit elle fut un échec quasi complet, au moins pour l'un des deux frères : si *acception* et *acceptation* avaient bel et bien un nouveau nom, le premier laissait sur le billard plusieurs de ses sens pour ne conserver que celui de « donner une préférence à, tenir compte de ». On retrouve cette signification (« préférence ») dans les vieilles formules « sans acception d'âge, de sexe, de race, de religion… » (surtout en usage dans le langage juridique) et « ne faire acception de personne » – comme quoi, dans le malheur de son amputation sémantique, *acceptio* devenu *acception* a trouvé la plus belle des consolations : pour lui seul, *persona*… en personne ! *Exit* le grand frère, éternel rival !

Pour les jumeaux, la transition du latin au français fut comme un passage à la puberté : désormais, chacun sa route. Tandis qu'il renonçait à *persona*, *acceptation* accaparait les autres sens maternels, autrefois partagés avec frérot. À lui seul l'« action de recevoir », l'« action d'approuver », bref, l'« action… d'accepter » ! Mais il dut vite déchanter : avec l'âge et le changement de langue, *acceptation* perdit de la vigueur. La valeur forte qu'il avait en latin s'atténua peu à peu : d'un mot d'action (marqué dans sa chair – ou plutôt, dans son encre – par l'étymologie *ad*, « vers », et *capere*, « prendre »), il devint un mot de soumission. Maman *acceptare*, transformée en *accepter* (dans la même clinique), connut un déclin identique. Aujourd'hui encore, avec *acceptation* et *accepter*, tout est dans la manière de « recevoir » : selon les circonstances, on passe de l'accueil à l'admission, de l'approbation chaleureuse au consentement bougon. Recevoir volontiers ou recevoir à contrecœur, telle est la question.

On peut se demander comment *acceptation* put changer à ce point de caractère et prendre des airs de dégonflé. La connotation « accepter avec résignation » s'est peut-être installée au XVIIe siècle lorsque, dans le commerce, on s'est mis à parler d'*acceptation* pour désigner la promesse de payer une lettre de change à son échéance (lettre signée par l'accepteur et terminée par la formule : « accepté pour la somme de… »). L'argent ! De quoi démoraliser le mot le plus joyeux… On retrouve cette atténuation sémantique dans l'adjectif *acceptable*, qui signifiait d'abord « agréable » ou « opportun » avant d'avoir le sens de « suffisant mais pas top », voire de « tolérable mais vraiment limite », qu'on lui donne aujourd'hui – un « salaire acceptable » n'est pas vraiment un bon salaire… mais c'est tout ce qu'on a pu obtenir ! À l'inverse, son antonyme, *inacceptable*, a gardé une valeur forte (« Ton comportement est inacceptable ! »). De même pour l'*acceptabilité*, terme qui, en linguistique, désigne le degré de conformité d'une phrase aux normes syntaxiques.

Toutefois, tout le monde sait que l'habit ne fait pas le moine : *acceptation* sut tirer parti de ses allures de chien battu. En effet, si, en droit, le terme correspond au « consentement légal de celui à qui on fait une offre », on perçoit une pointe d'hypocrisie dans cette définition, surtout si l'offre est alléchante ! Qui n'aurait pas envie de se dégonfler un bon coup, si le jeu en vaut la chandelle ? (Mais on pourrait aussi gloser longtemps sur le sens du terme *consentement*, chef-d'œuvre d'ambiguïté, entre la volonté et la soumission, bien que, dans le langage juridique, il marque un accord formel.) De la même manière, l'acceptant est celui qui accepte un legs ou une donation (leur *acceptation* étant nécessaire pour que ceux-ci prennent effet) : il est des résignations plus douloureuses !

Acceptation et *accepter* ont appris à user si bien de leur double nature que l'on ne sait jamais exactement dans quel camp ils jouent : celui du désir ou celui de l'obligation ? Qu'on en juge par quelques tournures courantes. Accepter une offre d'emploi (job de rêve ou plus trop le choix ?), accepter un contrat (en or ou tout juste… acceptable ?), accepter un défi (plein d'entrain ou la mort dans l'âme ?), accepter un échec, la vieillesse, la mort… (avec dignité ou par la force des choses ?), en accepter l'augure (foi profonde ou vague espoir ?), accepter quelqu'un (l'accueillir ou le tolérer parmi les siens ?), s'accepter (grand amour ou il faut bien ?), accepter son sort (lucidité ou fatalisme ?)…

Pour terminer, revenons-en au petit frère qui, réduit à quelques expressions de spécialistes depuis son passage au français (n'est-ce pas, *persona* ?), opéra un retour au premier plan à partir du XVIIe siècle : au terme d'une nouvelle intervention, cette fois à la clinique des Réemprunts, *acception* s'empara du sens… « signification d'un mot (appréhendé dans son contexte) », venant du sens « comprendre » qu'avait pris *acceptare* dans ses vieux jours. Bref, au moment où *acceptation* baissait les bras, *acception* revint faire honneur à la valeur forte de l'action de recevoir : si on connaît l'*acception* d'un mot, c'est que l'on comprend celui-ci – on le « reçoit » cinq sur cinq !

Si la signature entraîne l'*acceptation* des termes d'un contrat, elle implique également que son auteur ait saisi l'*acception* de tous les… termes de celui-ci – bien que ce soit rarement le cas, même lorsqu'elle est précédée de la mention « lu, compris et approuvé » !

Acception, « sens d'un mot » ou « préférence » ; *acceptation*, « fait d'accepter une chose ou d'y consentir ». Bien reçu ?

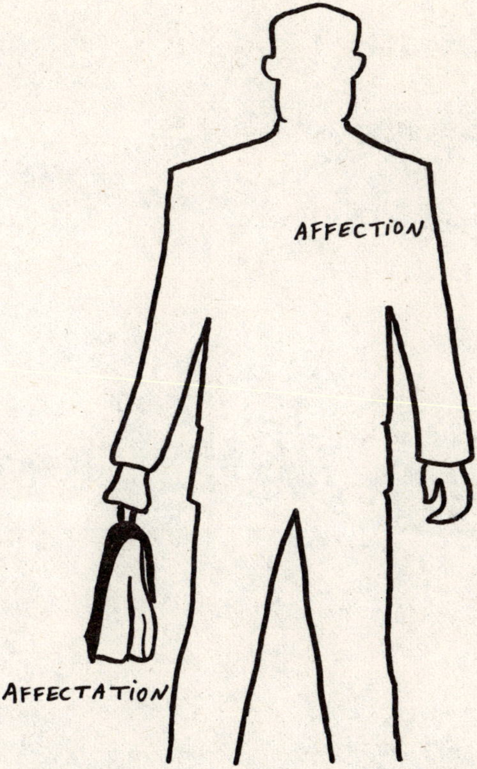
AFFECTION
AFFECTATION

affection, affectation

Modifications !

Les deux mots sont issus du latin *facere*, « faire », et le moins que l'on puisse dire, c'est qu'ils nous en « font faire » : soit en nous amenant à feindre, soit en nous faisant subir quelque chose. Dans tous les cas, ils agissent sur nous de telle sorte qu'ils transforment notre état originel. Pour le meilleur… et pour le pire !

« J'espère que tout se passe bien dans vos nouvelles fonctions ! » Ce souhait de votre patron peut vous faire sourire jusqu'aux oreilles, si vous êtes promu, ou… jaune, si vous êtes dégradé : dans les deux cas, vous avez fait l'objet d'une *affectation* à un nouveau poste, vous y avez été assigné. Si vous avez reçu davantage de responsabilités, vous devrez peut-être décider de l'*affectation* de certaines sommes à telle ou telle dépense ou encore de l'*affectation* d'un local à un nouvel usage.

Ce qui respire la fausseté vous insupporte ? Les manières trop recherchées, les chichiteux, la mignardise, ou encore les souffreteux permanents qui réclament sans cesse la compassion : toute *affectation* – de langage, de délicatesse ou de douleur – vous débecte ? Vive le naturel ! Au diable la comédie sociale et ses pathétiques… afféteries (mot de même origine qu'*affectation*) !

Vous avez besoin d'*affection* ? Ah bon, vous voulez que l'on vous… « touche » ? Comme chacun sait, le mot *affection* – littérairement, « action de toucher » – est surtout utilisé positivement pour nommer le vif sentiment d'attachement que l'on éprouve pour une personne (qui, en raison de ces mêmes liens, est plus vite « affectée » par les inévitables dérapages qui font le sel de l'amitié…). Un texto d'encouragement, une oreille qui écoute, une présence qui rassure, une main posée sur l'épaule… : autant de… « marques » d'*affection*. Qu'il est bon de rappeler aux êtres chers l'*affection* qu'on leur porte ! Touchés ? En plein cœur !

Mais ne laissons pas les autres sens d'*affection* sur la… touche ! Si le terme évoque spontanément la tendresse, il est également affecté à des rôles plus contrastés, sur deux autres terrains intimes : le corps et l'esprit. Du premier, l'*affection* indique un état maladif : une *affection* respiratoire, digestive, cardio-vasculaire… – à ne pas confondre avec une infection ! Du second, elle désigne le flux continuel des émotions : on parle des « affections de l'âme ». Chez les philosophes de l'Antiquité, c'était déjà un sujet majeur : crainte, joie, tristesse (ou… aff*li*ction), amour, haine, courage, envie, pitié, colère, mélancolie… autant de « passions » étudiées en relation avec leur influence sur le corps. Aujourd'hui, la plupart d'entre elles ont été rebaptisées par nos armées de psys : dépression, hyperactivité, névrose, angoisse, anxiété, stress, frustration… Cette fois, c'est touché… coulé !

AGONIR

AGONISER

agonir, agoniser

« Chenapans !… Ectoplasmes !… Marins d'eau douce !… Bachi-bouzouks !… Zoulous !… Doryphores !… » Tout le monde connaît l'originalité des jurons du capitaine Haddock et les tintinophiles auront reconnu ici sa première grande envolée verbale qui survient au creux d'une dune saharienne du *Crabe aux pinces d'or*… Une tirade d'une véhémence telle qu'elle semble – un moment – être la cause de la fuite des assaillants armés, comme si une rafale de mots était plus à craindre que les balles des fusils ! C'est que Haddock est passé maître dans l'art… d'*agonir* (de l'ancien français *ahonnir*), autrement dit l'art de déshonorer quelqu'un en l'accablant d'insultes ou de reproches.

« C'est la lutte finale… » Faut-il être au bout du rouleau pour entonner *L'Internationale* ? En tout cas, *agoniser*, c'est combattre la mort, dans la souffrance : l'agonie ressemble donc fort à une « lutte ultime » ! Le verbe vient du latin ecclésiastique *agonizare*, « lutter ». D'ailleurs, comment appelle-t-on un gymnaste grec de l'Antiquité, à votre avis ? Un agoniste. Quelques siècles plus tard, celui-ci aurait peut-être chanté avec les communistes, le poing levé !

Si même en littérature on rencontre quelquefois *agoniser* à la place d'*agonir*, on se méfiera d'autant plus des modes et des temps où leurs terminaisons se ressemblent. Un exemple ? « Mon bourreau, qui m'avait jeté au sol et me torturait les membres, m'*agonissait* d'injures avec un tel plaisir qu'il doublait ainsi les douleurs de ma fin : j'*agonisais* corps et âme… »

agréer, agréger

Madame, Monsieur,

Je vous prie de bien vouloir prendre connaissance de ce qui suit avec attention.

Ce que l'on *agrée*, on le reçoit favorablement ; ce que l'on *agrège*, on le joint à un tout.

Agréger – emprunté au latin *aggregare*, « rassembler », composé de *ad*, « vers », et de *grex, gregis*, « troupeau » –, c'est agglomérer, agglutiner, réunir des éléments en un tout homogène et, par extension, incorporer une partie dans un ensemble ou admettre quelqu'un dans une communauté : les candidats à l'agrégation en savent quelque chose ! À l'occasion, on peut toutefois s'*agréger* soi-même à une société.

Agréer est dérivé de *gré*, petit mot – rendu célèbre par Richard Virenque avec son « À l'insu de mon plein gré » – issu du latin *gratus*, « bienvenu, aimable, reconnaissant, qui reçoit bon accueil, accepté avec reconnaissance ». Littéralement, *agréer*, c'est « être au gré de quelqu'un », autrement dit lui plaire, lui être… agréable !

Que cela vous *agrée* ou non, un huissier *agréé*, qui a donc reçu l'agrément (« approbation ») de l'autorité, a le droit d'entrer chez vous.

Puisse ce bref rappel étymologique vous inciter à me réserver votre meilleur accueil, lors de ma visite imminente.

Je vous prie d'*agréer*, Madame, Monsieur, l'expression de ma considération distinguée.

L'huissier de justice

AÏEULS

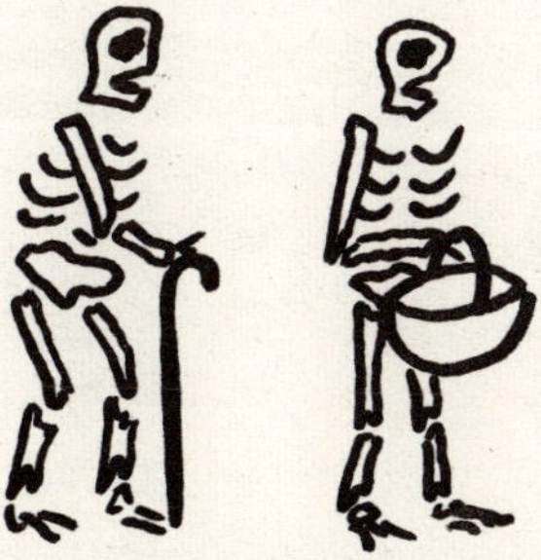

AÏEUX

aïeuls, aïeux

Singulière histoire de famille… et de pluriels ! Paronymes ? Qu'ils perdent leur S ou leur X, *aïeuls* et *aïeux* se retrouvent au singulier dans le seul mot *aïeul* : point commun évidemment trop manifeste pour prétendre à une ressemblance fortuite… Alors, double pluriel ? Disons plutôt : deux pluriels.

C'est la particularité d'*aïeul* : il a deux sens et, au pluriel, une forme distincte pour chacun d'eux.

Comme si le mot *secrétaire* refusait tout à coup le simple partage d'un S final pour désigner aussi bien les meubles que les employés. Comme si *règle*, à son tour, faisait exception en exigeant des lettres différentes pour distinguer lois et instruments de mesure (sans parler des menstrues, qu'il n'évoque jamais sans S et toujours du bout des lèvres…). Bref, *a priori*, *aïeul* ressemble à un prétentieux privilégié qui aurait obtenu gain de cause. Mais quand et comment ?

Comme ça. Je veux dire : naturellement. Avec le temps. En vieillissant – ce qui est bien normal pour *aïeul* ! Si aujourd'hui *aïeuls* désigne les deux grands-pères (ou les quatre grands-parents ou deux d'entre eux) et *aïeux* les ancêtres, ils ne doivent cette distinction sémantique qu'à un passé récent que l'on pourrait vaguement fixer quelque part au XVIIIe siècle. En effet, jusqu'à cette période, *aïeuls* et *aïeux* naviguèrent dans le même bateau : un fameux trois-mâts où chantaient en chœur ancêtres, grands-pères, grands-parents. Le pluriel d'*aïeul* était au choix : il n'entraînait pas d'exclusivité de sens.

Alors, bon sang, que s'est-il passé ?

Les deux formes actuelles du pluriel, ayant chacune leur signification propre, sont le résultat d'un conflit complexe et obscur entre l'évolution phonétique naturelle et la prononciation influencée par une graphie persistante – à moins que ce ne soit l'inverse…

Un retour aux sources de l'arbre lexico-généalogique d'*aïeul* sera plus explicite. *Aïeul* vient du latin *avus*, utilisé pour appeler affectueusement les membres les plus âgés d'un groupe. Ce mot est lui-même issu d'un terme indo-européen [1] également à la base du gothique

---

1. L'indo-européen est une langue dont on n'a aucune trace : les linguistes l'ont créée par hypothèse comme étant l'origine commune de toute une série de langues, dont les langues romanes – auxquelles appartient le français. La généalogie est partout ! Chaque langue

avô (« grand-mère »), de l'ancien nordique *afi* (« grand-père »), de l'arménien *haw*, de l'islandais *ae*, etc. Du latin *avus* dérive *avia* (« grand-mère ») puis *avius* (« grand-père »), dont le diminutif *aviolum* a évolué en *aviol*, *aiuel*, *aioel*, *aiol*, pour arriver enfin à notre cher *aïeul* ! *Aviolum* s'est également transformé en *abuelo* espagnol, en *avolo* italien, en *aviol* provençal, en *aiouz* wallon... Le mot en latin signifia « grand-père », puis en ancien français prit parallèlement le sens d'« ancêtre » – la première fois, dans un texte du XIIIe siècle, pour désigner, sans surprise, « aioel Adan, dont tuit et tuites sont » (*Amadas et Ydoine*).

Est-il notre père à tous ? Adam n'en demeure pas moins l'ancêtre (et non le cadet)... de mes soucis et de ceux d'*aïeul* ! En effet, à partir de cette intervention du premier homme, *aïeul* dut se partager entre deux sens, qui expliquent la cohabitation actuelle de nos deux vieillards... Tant qu'il fut invoqué au singulier, *aïeul* s'amusa de sa double acception, tantôt « grand-père » tantôt « ancêtre » ; mais au pluriel, le sinistre S vint siffler sur son L (rien d'étonnant qu'après Adam vînt le serpent...) : *aiuels*, par un phénomène linguistique bien connu [1], évolua en *aieus* ensuite

appartient à une branche (groupe de langues) qui elle-même est issue d'une branche qui elle-même se rattache à...

1. Devant le S (qui était alors prononcé) du pluriel, la consonne L s'est vocalisée (s'est transformée en voyelle).

réécrit *aïeux* – pluriel naturel d'*aïeul*. Or, de nos jours, si l'on en croit les dictionnaires, *aïeul* aurait perdu son acception d'« ancêtre » pour ne garder que celle de « grand-père » (et « grand-mère » pour *aïeule*) : dès lors, certains affirment qu'*aïeux* (« ancêtres ») n'aurait pas d'équivalent au singulier ! Qu'il serait… orphelin ! Faux, pour la forme : *aïeul* est… l'ancêtre d'*aïeux* ; quasi faux, pour le fond : dans l'usage actuel de la langue, un *aïeul* est beaucoup plus souvent un ancêtre qu'un grand-père !

Et *aïeuls* ? On le prend pour l'enfant naturel de S et d'*aïeul*, tandis qu'on traîne *aïeux* dans la boue… Quelle injustice ! C'est bien *aïeux* le descendant-pluriel légitime d'*aïeul* ; qu'en est-il alors du frangin ? Bâtard ? Accident ? Peut-on dire : *aïeux* est un pur, *aïeuls* est impur ? Pas vraiment. Rappelez-vous : c'est en vieillissant qu'*aiuel*, accouplé à un S sonore, a engendré deux pluriels. Mais tandis qu'*aïeux* est l'aboutissement de l'évolution phonétique la plus classique, *aïeuls* est le résultat à la fois régulier et artificiel d'un flottement, d'une indécision à un moment donné de cette évolution. Par une sorte de division, de mitose lexicale, un même mot a pris deux apparences. Alors que les uns laissèrent le L s'envoler, les autres persistèrent à le prononcer (ainsi que, pendant un certain temps, le S final) – parmi les seconds, furent les prosateurs ; parmi les premiers, les poètes, ravis d'entendre enfin rimer *aïeux* avec dieux, glorieux et autres cieux [1]. L'écriture conserva ces deux voies, bien qu'on ne puisse déterminer si elle en fut le reflet ou l'origine tant les rapports entre graphie et prononciation sont semblables à ceux existant entre l'œuf et la poule…

Il en résulta un certain désordre, mais petit à petit on se rendit compte que si l'on n'avait pas pu choisir un pluriel unique entre les deux formes *aïeux* et *aïeuls*, on avait inconsciemment attribué à chacune d'elles un des deux sens du singulier *aïeul* ! Les deux graphies et les deux prononciations avaient engendré la séparation des sens… Peut-être que puisqu'on avait deux sens sous la main, on s'était dit qu'il y avait forcément un lien avec l'existence des deux formes ?

La distinction sémantique s'imposa lentement d'elle-même, au cours du XVIIIe siècle. L'acception « ancêtres » avait les préférences d'*aïeux* ? Va pour *aïeux* ! Le sens « grand-père » était le chouchou d'*aïeuls* ? Va pour *aïeuls* ! Si l'on sut, à partir de là, qu'*aïeux* est phonétiquement issu d'*aïeuls*, à l'inverse on put désormais dire sans ambiguïté que les *aïeuls* (« grands-pères ») sont issus des *aïeux* (« ancêtres ») !

---

1. Office dont s'était chargé, jusque-là, le brave *aïeuls*, comme le fit remarquer Ménage, célèbre grammairien du XVIIe siècle : « Tous nos poètes généralement riment aïeuls avec dieux, cieux, lieux et autres mots semblables ; cette rime est très mauvaise, car on prononce aïeuls en faisant sentir L et non aïeux. »

Si donc *aïeul* peut se vanter d'avoir deux pluriels, il n'a été gâté par personne... si ce n'est par la nature ! C'est comme si *cheval* avait deux sens et un pluriel différent – *chevals* et *chevaux* – pour chacun d'eux. *Secrétaire*, *règle* et quantité d'autres mots polysémiques n'ont pas connu ce type particulier d'évolution phonétique : ils doivent se contenter d'un seul pluriel.

De leur longue période de navigation commune, *aïeuls* et *aïeux* gardent une certaine nostalgie qui conduit quelquefois à la confusion... Il faut dire qu'avec leurs histoires de famille pas toujours très claires, ils nous mènent en bateau ! Mais si nous employons parfois un mot pour l'autre, pas de quoi faire retourner nos grands-pères et nos ancêtres dans leur tombe : *aïeuls* et *aïeux* ont longtemps signifié indifféremment la même chose et leur singulier conserve encore, dans l'usage, les deux sens. Il faut aussi avoir ces éléments à l'esprit lorsqu'on relit des textes anciens comme les *Caractères* (1688) où La Bruyère, convaincu que le talent ne se transmet pas par le sang, écrit que « les hommes de génie n'ont ni aïeuls ni descendants » : la distinction sémantique n'était pas encore établie – *aïeuls* pouvait donc signifier « ancêtres ». En revanche, lorsqu'en 1877 Flaubert écrit que « des aïeux tenaient des petits enfants sur leurs genoux », on peut se demander s'il s'agit d'une distraction ou d'un emploi volontairement obsolète... Sacré Gustave ! Rêvait-il secrètement d'aller à dada sur les genoux de ses ancêtres ?

Mais eût-il écrit *aïeuls* voire… *oncles*, il aurait toujours fait appel au même ancêtre latin ! En effet, nous ne sommes pas au bout de nos surprises : *avus* est à l'origine de toute une famille de mots, pour ne pas dire d'une bonne partie de notre famille… tout court !

Un peu de généalogie…

On retrouve bien sûr *avus* chez nos grands-pères : *aïeul* est, comme on le sait, le résultat d'*aviolum*, littéralement « petit grand-papa », diminutif populaire d'*avus*. À noter que, à la base, *aïeul* était donc un terme affectif tandis que *grand-père* marquait le respect ; aujourd'hui, *aïeul* relève plutôt du langage soigné, voire littéraire ! Quelle tête feraient Bon-Papa ou Papy si leurs petits-fils les appelaient par ce petit nom d'un autre âge ?

Si, historiquement, *aïeul* désigne le grand-père avant de signifier « ancêtre », on le retrouve toutefois – et avec lui, *avus* – pour qualifier chaque génération… d'ancêtres, à partir des arrière-grands-parents, du plus « jeune » au plus âgé : les bisaïeuls (*proavus*), les trisaïeuls (*abavus*), les quadrisaïeuls ou quatrièmes aïeuls (*atavus*), les cinquièmes aïeuls (*tritavus*), etc. Lorsqu'un de ces ascendants (ou… ataves) nous transmet des traits de caractère, on parle… d'atavisme (composé d'*atta*, « grand-père », et d'*avus*).

Vous voilà armés pour entreprendre quelques fouilles généalogiques, partir à la recherche de vos *aïeux*, et, surtout, mieux situer qui sont par rapport à vous ces Tante Alice, Maman Faina,

Pépère Léopold et autres Zoé Stoufs dont on évoque parfois le souvenir ou la légende lors de vos réunions de famille ! De quoi vous faire passer l'envie de mettre en vente les vieux portraits dont vous avez hérité…

Enfin, vous ne regarderez plus vos oncles du même œil quand vous saurez que, eux aussi, sont littéralement vos « petits grands-pères » ! *Oncle* vient en effet d'*avunculus*, autre diminutif d'*avus*. *Oncle* et *aïeul*, même combat ? Le trouble est plus grand encore lorsqu'on découvre que, pendant longtemps, *neveu* a désigné non seulement le fils du frère ou de la sœur mais aussi… le petit-fils (sens initial du latin *nepos*) !

Pour comprendre ces analogies, il faut d'abord savoir que, en latin, les membres de la famille du père étaient nommés différemment de ceux de la famille de la mère. On ne s'adressait pas à l'oncle paternel (*patruus*) comme à l'oncle maternel (*avunculus*), ni à la tante paternelle (*amita*) comme à la tante maternelle (*matertera*)… En passant du latin au français, cette terminologie des liens de parenté s'est réduite à *oncle* (venant d'*avunculus*) et *tante* (venant d'*amita*) pour désigner aussi bien les frères et sœurs du père que ceux de la mère. Si le mot *avunculus* a supplanté *patruus*, c'est peut-être pour des raisons anthropologiques, l'oncle maternel ayant longtemps eu un statut privilégié dans les sociétés anciennes.

On peut à présent éclairer les liens étymologiques entre *avunculus* (oncle maternel) et *avus* (aïeul), et corrélativement la double acception de *nepos* (neveu). Accrochez-vous ! Selon le célèbre linguiste Benveniste, ces rapports lexicaux s'expliqueraient par la tradition, dans la société romaine archaïque, des mariages arrangés entre « cousins germains croisés ». Si mes parents sont de tels cousins, c'est-à-dire si mon grand-père paternel est le frère de ma grand-mère maternelle, alors le père de mon père est à la fois mon *avus* (aïeul) et l'*avunculus* (oncle maternel) de ma mère, tandis que je suis le *nepos* (petit-fils) de mon *avus* ainsi que le *nepos* (neveu) des frères éventuels de ma mère et que ma mère est la *neptis* (nièce) de son *avunculus*, autrement dit de mon *avus* ! Bref, dans ce système, une même personne est à la fois oncle maternel (*avunculus*) d'une nièce et grand-père (*avus*) de l'enfant de cette nièce : voilà pourquoi on aurait attribué l'appellation *avunculus*, « petit grand-père », au frère de la mère ! Si vous êtes arrivés à cette ligne sans relire les précédentes, vous maîtrisez toutes les subtilités des relations… avunculaires !

Pour terminer ce chapitre familial, interrogeons le présent : que sont *aïeuls* et *aïeux* aujourd'hui devenus ?

Nous n'avons pas le sentiment de les solliciter fréquemment… Ringards ? On les retrouve pourtant dans une série d'expressions quelque peu stéréotypées, qui font bel et bien partie de notre quotidien. Ainsi les *aïeux* sont-ils toujours « illustres », « nobles », « dignes », « glorieux »,

« augustes », « éternels »... S'ils n'ont pas « fondé » un édifice, une ville, voire davantage, ou s'ils n'ont pas de « faits mémorables » à leur actif, on évoque avec autant d'emphase leurs « mœurs », leurs « coutumes », leurs « festins »... On agit à leur « mémoire », en leur « nom »... On « foule leur sol », leur « terre »... On « suit leurs traces », on « tient d'eux », on est leurs « héritiers », on entretient les « trésors de savoir-faire qu'ils nous ont transmis », on leur doit notre « nom », nos « droits », notre « fortune »... Et en fin de compte, à notre mort, on « va les voir », on les « rejoint »...

Autant de tournures automatiques du langage qui s'appliquent aussi bien à *aïeux* qu'à... *aïeul* (au singulier et au sens d'« ancêtre ») ! Comme on en trouve l'explication dans le *Trésor de la langue française*, tous ces clichés véhiculent une « coloration affective avec l'idée de patrimoine moral ou spirituel à conserver ». Intimité, affection qui justifie les gradations d'ancienneté établies par Beauzée, académicien du XVIIIe siècle, entre trois synonymes : « Nous sommes les enfants de nos pères, les neveux de nos aïeux, et la postérité de nos ancêtres » (à noter l'association entre *neveux* et *aïeux*...). Nos *pères* sont plus proches de nous que nos *aïeux* qui eux-mêmes sont plus proches de nous que nos *ancêtres*. Et comme *patrimoine* fait penser à *patrie* (ces mots étant tous deux issus du latin... *pater*, « père »), on ne s'étonne pas de retrouver *aïeux* dans une série d'hymnes nationaux, de Madagascar au Canada, en passant par le Bénin, le Burundi, Haïti et même… la Suisse !

Puisqu'on est dans la musique, citons encore la « Cansoun di Avi » (chanson des *aïeux*) du poète provençal Frédéric Mistral, ainsi que Mes Aïeux, groupe québécois de musique traditionnelle dont la chanson « Dégénérations » (2004) retrace, à partir de nos trisaïeuls, avec beaucoup de clichés… mais un fond certain de vérité, la montée de l'individualisme, de l'arrière-arrière-grand-mère qui a eu quatorze enfants au fils unique de l'an 2000 (qui, de plus, est un accident), et de l'arrière-arrière-grand-père qui a défriché la terre au descendant qui l'a revendue pour devenir fonctionnaire…

Du groupe Mes Aïeux à l'interjection… familière la plus courante, il n'y a qu'un « oh » ! « Oh, mes aïeux ! », « Ô, mes aïeux ! », ou tout simplement « Mes aïeux ! » : n'avez-vous jamais surpris cette exclamation, au charme désuet, dans la bouche de vos grands-parents, c'est-à-dire de vos… *aïeuls* ? Peut-être même l'utilisez-vous parfois ? Elle marque l'étonnement et souligne le caractère exceptionnel ou critique d'une situation : c'est une façon de prendre ses ancêtres à témoin, de dire que, de mémoire d'homme, on n'avait jamais vu ça ! Les petites orphelines de la comédie musicale *Annie* en savent quelque chose, elles qui abusent de cette expression, réclamant ainsi la protection de leurs ancêtres, à commencer par celle de leurs… parents, comme c'est explicitement le cas lorsque, alors qu'elles entreprennent d'échapper à Miss Hannigan et de s'évader en descendant du toit par la gouttière, l'une d'elles ne peut retenir un « Oh, Maman, Papa, oh, mes aïeux ! ». Enfin, si, comme on l'a dit, les poètes ont très tôt fait rimer *aïeux* avec dieux, le rapport divin n'est peut-être pas un hasard : d'une part, en V.O., les copines d'Annie s'exclament « *Oh, my goodness !* », et, d'autre part, dans la vie quotidienne, nous faisons suivre un éternuement peu discret d'un « À tes souhaits ! » sinon d'un « À tes amours ! » ou quelquefois d'un… « À tes aïeux ! », là où un anglophone offre un classique « *God bless you !* »… Les Américains en appellent à Dieu ; les Français s'accrochent à leurs ancêtres !

En résumé, l'*aïeul* est soit le grand-père soit l'ancêtre (au figuré, le membre le plus âgé d'une famille) – et l'/les *aïeule*(s), soit la/les grand(s)-mère(s), soit l'/les ancêtre(s) de sexe féminin. Au masculin pluriel, *aïeuls* désigne soit les deux grands-pères, soit les quatre grands-parents, soit un couple de grands-parents (« Bonne-Maman et Bon-Papa » par exemple), tandis qu'*aïeux* prend les ancêtres en charge (au figuré, tous ceux qui ont vécu dans les siècles passés).

– Vous avez tout compris ? Prêts pour l'interrogation ?

Réponse (au choix) :

– Oh, mes *aïeux* !

– Un peu, mon n'veu !

armistice, amnistie

UN *armistice*, UNE *amnistie*.

Deux mots surgis des maux humains !

Un *armistice* est un arrêt transitoire des combats, convenu entre les belligérants, en vue de sceller des « accords de paix » : ce n'est plus seulement une trêve, mais ce n'est pas encore la paix. Le terme – qui vient du latin *arma*, « armes », et *statio*, « immobilité » – a été emprunté par la langue classique pour remplacer *suspension d'armes*, mais il ne s'est répandu qu'avec l'armistice du 11 novembre 1918, marquant la fin des hostilités de la Première Guerre mondiale.

Une *amnistie* est un oubli, c'est-à-dire un… pardon ! Le mot vient du grec *αμνηστια*, signifiant « le pardon », de *αμνηστος*, « oublié » – cette origine explique la forme *amnestie*, attestée jusqu'au XVIIe siècle, que l'on retrouve dans l'anglais Amnesty International, la célèbre association (qui lutte contre les violations des droits humains) qu'un avocat fonda en 1961 après avoir lu dans un journal que deux étudiants portugais avaient été condamnés à sept ans de prison pour avoir levé leur verre à la liberté ! Au sens général, l'*amnistie* est un pardon collectif accordé par le chef d'État, qui accepte d'« oublier ». Pourquoi ce lien entre l'oubli et le pardon ? « Allez, c'est oublié… » dit-on parfois pour assurer quelqu'un de notre pardon. L'*amnistie*, c'est exactement ce « Allez, c'est oublié… », mais réglementé par la loi. C'est l'acte juridique qui, faisant disparaître le caractère délictueux de faits passés (mais non les faits eux-mêmes…), efface les condamnations prononcées – à tel point que si une personne s'appuie sur une infraction amnistiée pour accabler autrui, elle peut être poursuivie pour diffamation. Toutefois, cette sorte d'oubli « volontaire » ne se confond pas avec… l'amnésie : nul n'est dupe, on passe l'éponge, mais on sera moins indulgent au prochain dérapage. C'est bon pour cette fois !

Armistice, *amnistie*. Entre la paix et le pardon, lequel est provisoire ? Lequel est définitif ?

BLANCHIMENT

BLANCHISSAGE

BLANCHISSEMENT

blanchiment, blanchissement, blanchissage

En voilà trois qui voient la vie en blanc !

Dérivés du verbe *blanchir*, ils en représentent chacun des acceptions différentes : de quoi se regarder dans le blanc des yeux… En effet, il y a blanchir et blanchir : ne mélangeons pas le linge et l'argent du linge !

Blanchir ? Affaire de… couleur !

Le *blanchiment* est l'action de recouvrir une surface d'un enduit blanc – blanchir un mur à la chaux, par exemple. Le même terme désigne la décoloration de certaines matières (comme les fibres textiles) par l'utilisation de solutions chimiques. D'un côté, on ajoute le blanc ; de l'autre, on l'atteint. Deux opérations opposées ? Colorer ou décolorer, c'est toujours de la couleur !

Ceci dit, il est un *blanchiment* qui ne réclame ni peinture ni Javel : celui consistant à précuire un aliment dans l'eau bouillante. Toutefois, n'y plongez pas la main, vous la rendriez non pas blanche mais… écarlate !

« Putain d' cheveu blanc… » se dépitait Renaud dans sa chanson consacrée au… *blanchissement* capillaire : le temps fait son œuvre et on ne peut rien contre lui. Cette fois, l'objet devient blanc « de lui-même », sans intervention extérieure. Est-ce pour défier la nature que, après avoir chanté ce refrain, Mister Renard s'est peroxydé les cheveux, préférant à leur *blanchissement* leur… *blanchiment* ?

Blanchir ? Question de… propreté !

Dans ce cas, on ne vise plus le blanc mais le… « plus blanc que blanc », autrement dit le propre ! Confiez à des blanchisseurs le… *blanchissage* de votre complet bleu marine, vous le récupérerez, non pas déteint, mais comme neuf et sans pli – à condition de ne pas vous tromper de « blanchisserie », puisque le mot désigne aussi bien l'établissement où l'on nettoie et repasse le linge que le lieu où l'on pratique le *blanchiment*…

Le *blanchissage* s'applique également au raffinage du sucre : là aussi il s'agit de « laver » la substance de ses impuretés – et bien sûr de convertir le sucre brut en sucre… blanc !

« Propre » est le sens figuré de *blanc*, mais quel est le sens figuré de *propre* ? Purifié, vierge, immaculé ? Le blanc est la couleur de l'innocence : heureux les accusés blanchis ! Mais tous ne s'en tirent pas les mains… propres : le *blanchiment* d'argent – réintroduction d'argent d'origine frauduleuse dans des circuits légaux – est sévèrement puni. Une légende voudrait que l'expression provienne des années 1920 lorsque, pour recycler ses capitaux illicites, le célèbre gangster Al Capone racheta une chaîne de… blanchisserie ! En réalité, le *blanchiment*, mais aussi le *blanchissement* et le *blanchissage* d'argent consistaient autrefois à polir la monnaie pour la rendre brillante : et pour cause, le mot *blanc* est issu du germanique °*blank*[1] signifiant… « brillant » ! Seul « blanchiment d'argent » est resté et a pris une valeur morale négative, comme quoi le blanc ne brille pas toujours par sa candeur !

Si on terminait par une carte… blanche ? « Demain dès l'aube, à l'heure du *blanchissement* de la campagne, je partirai. J'irai porter ma jaquette pour un *blanchissage* d'urgence et je filerai ensuite chez la fleuriste pour le *blanchiment* de la voiture de cérémonie. Je serai alors fin prêt pour remplir mon rôle de chauffeur au mariage de Blanche et Candide ! »

---

1. Le signe ° indique que le mot n'est pas attesté mais est reconstitué par hypothèse des linguistes.

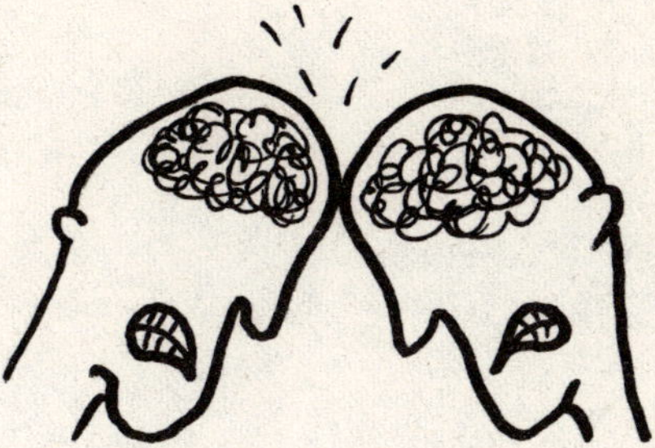

COLLISION

COLLUSION

collision, collusion

Rencontres.

Amoureuses ? Amicales ? Sportives ? Musicales ? Virtuelles ? Non. Plutôt l'envers du tendre, du gentil, du rose. Rendez-vous néfastes. « Mauvaises » rencontres.

Leur point (poing ?) commun est à la fois si fort (attention, coquards !) et si discret (l'aviez-vous seulement déjà décelé ?) que nos deux mots n'eussent pu s'ignorer très longtemps. Une fois mis en relation, ils partagèrent leurs intentions malignes en scellant entre eux un pacte d'amitié.

Collision, *collusion*. Affinité sémantique si évidente *a posteriori* – « rencontre de deux éléments » (avec connotation négative) – mais si peu perçue dans la spontanéité du langage que, au lieu d'apprécier la complicité des mots à travers leur signification, on se borne souvent à expliquer le lapsus par leur seule ressemblance extérieure ou par une paresse articulatoire que l'on s'empresse de présenter comme une vraie difficulté phonétique.

Collusion pour *collision*, ce serait un peu comme « *utuliser* » pour *utiliser*, la voyelle d'une syllabe influe sur la prononciation de la voyelle de la syllabe suivante : après les sons *o* ou *u* issus du fond du palais, *u* vient plus facilement que *i*, situé vers l'avant de la bouche !

Même s'il ne justifie pas tout, l'argument a sa valeur scientifique. Il montre en tout cas que certaines confusions surgissent à l'oral plutôt qu'à l'écrit : le pigiste le plus épuisé n'y laisserait pas une plume (à commencer par la sienne), le seul risque possible restant encore la faute de frappe – les touches U et I sont l'une à côté de l'autre ! Si elles sont « juste » des accidents verbaux, peut-on considérer ces méprises apparentes comme des fautes ? Faire entendre *collusion* en voulant prononcer *collision*, ce n'est pas tout à fait la même chose que dire volontairement le premier terme en pensant à l'acception du second. De plus, la prononciation de la lettre problématique n'est pas toujours franche : selon les circonstances du discours ou les régions, celle-ci se noie dans une telle mollesse de la langue et de la mâchoire qu'elle en ressort comme en bouillie, dans une superposition « borborygmique » de *u* et de *i*. On se garde bien de faire répéter notre interlocuteur : c'est mieux, pour soi, de lui laisser l'avantage du doute – de quoi aurait-on l'air s'il s'apercevait qu'on lui prête à tort une telle ignorance lexicale ?

On serait tenté de se réfugier derrière ces excuses.

Mais je préfère expliquer la confusion des deux mots par le rapprochement sémantique – encouragé, bien sûr, par leur proximité formelle.

Mauvaises rencontres. C'est le terreau commun de *collision* et *collusion*. Mais chacun a ses méthodes, chacun a ses proies. Ce qui les différencie dans leur action funeste : la victime et la manière.

La victime. Les éléments qui entrent en *collision* en supportent eux-mêmes les dommages, tandis que c'est au préjudice d'un tiers que se fait une *collusion* entre deux personnes. *Collision* cible ses propres composants ; *collusion* décompose une cible étrangère. L'un se flagelle, l'autre met en joue. Par conséquent, tout les oppose : la *collision* est un accrochage, la *collusion* une entente. D'un côté, le différend ; de l'autre, l'accord. Le télescopage et la combine.

La manière. Par elle se distinguent le plus nettement les deux bougres. Pour mettre à mal, tout est une question de style. Entre le choc brutal de deux véhicules et l'alliance secrète pour tromper autrui, la différence de tactique révèle les caractères : *collision* aime le contact, *collusion* la manipulation. Un boxeur et un stratège ! L'un frappe, l'autre joue. Comment dissimuleraient-ils leur nature ? Elle est imprimée dans leurs racines : *collision* vient de *laedere*, « frapper, blesser, faire outrage à », *collusion* de *ludere*, « jouer » – verbes latins tous deux précédés de *cum*, « avec ». *Collision* ? Violente, forcément. *Collusion* ? Complice, cela va sans dire.

Trop puissante, la *collision* peut être mortelle. Les rois de la *collusion* « jouent ensemble », se jouent d'autrui, lui jouent un mauvais tour, jouent avec ses pieds : quand on vous dit que l'étymologie détermine l'individu !

De cette divergence d'attitudes ressortent deux « philosophies » du Mal : la baffe et le bluff.

Collision va droit au but, alors que *collusion* affectionne les chemins détournés. L'une est frontale ; l'autre, souterraine, dissimulée, soupçonnée, tacite. Du « coup », il y a quelque chose de plus physique dans la *collision* et de plus cérébral dans la *collusion*. Comme si l'une était l'affaire des corps et l'autre celle des esprits – même s'il peut y avoir *collision* entre deux écoles de pensée et *collusion* entre deux corps de métier… Il existe d'ailleurs, en physique nucléaire, des anneaux de *collision* de particules élémentaires, tandis que, en politique, les *collusions*, comme les accords préélectoraux par exemple, sont monnaie courante : ce sont les « jeux de pouvoir » qui, au final, lèsent le citoyen en faisant fi des résultats réels des urnes – curieusement, le verbe *léser*, associé à toute activité collusoire, est l'évolution phonétique normale de *laedere*, mot à l'origine de… *collision* : comme si, en fin de compte, une *collusion* n'était jamais qu'une *collision* déguisée, un conflit en douceur, une guerre froide !

Dans tous les cas, les médias traquent l'une et l'autre avec le même zèle. Chaque jour, combien de *collisions* recensées : de voitures, de trains, d'avions… ? de *collisions* entre manifestants et policiers ? Et combien de scandaleuses *collusions* dénoncées entre tel patron et la mafia, entre tel gouvernement et l'appareil judiciaire, voire entre tel chef d'État et tels… médias ?

En fin de compte, qu'il y ait ou non un intérêt à choisir entre jet de sang et jeu de sous, on distinguera formellement la *collision* d'intérêts et la *collusion* d'intérêts.

La morale de cette histoire ?

Collision, jeu de mains ; *collusion*, jeu de vilains !

dédier, dédicacer

À toi, cher lecteur[1],

« Je déclare la séance ouverte ! »

Ainsi s'exprimait *dedicare*, l'ancêtre latin de *dédier* et *dédicacer* : solennellement. Il avait un tel caractère qu'il ne pouvait prononcer ses paroles (*dicare*, « dire ») que de manière cérémonieuse, remarquée (préfixe *de-*, marquant l'intensité).

À force de proclamer, de déclamer, de révéler, il finit par se croire investi d'une mission : celle d'inaugurer les édifices – de culte ou de culture, des temples aux théâtres – en les plaçant sous la protection de tel ou tel dieu.

Invoquant les dieux, *dedicare* était chargé d'obtenir leur bienveillance en leur offrant un temple érigé en leur honneur. Alors que le rituel se

1. Pour le paiement de la dédicace, merci de m'adresser un chèque *via* mon éditeur.

transmit du panthéon romain au christianisme, le mot passa du latin au français vers le XIIe siècle, laissant son C à la casse de l'évolution phonétique normale : on continua à *dédier* (à tel ou tel saint) des autels, des chapelles, des églises, c'est-à-dire à en faire la… dédicace (de *dedicatio*, « consécration, inauguration ») ! Et comme l'on n'était pas avare de cérémonies, on perpétua la solennité de l'acte en célébrant son souvenir chaque année : la plus illustre « fête de la Dédicace[1] » commémore la purification et la consécration du Temple de Jérusalem en 164 avant J.-C. Elle fut aussi grandiose que l'occupant grec avait été impie : « Huit jours durant, ils célébrèrent la dédicace de l'autel, offrant des holocaustes avec allégresse » (Ancien Testament, Premier livre des Maccabées, chapitre 4, verset 56). Si donc vous êtes invité à une telle fête, n'emportez pas le dernier roman de votre auteur préféré, prenez plutôt un air inspiré (avec un fond de contrition) : vous n'allez pas au Salon du livre, mais dans la maison de Dieu – où il n'y a pas de salon et où il n'y a qu'un livre !

Si *dédier* et son indécrottable nom d'action *dédicace* ont d'abord trempé leurs lettres dans

1. Vous aimez le nord de la France et le sud de la Belgique ? Alors vous ne pouvez pas ne pas vivre un jour une… ducasse ! Une quoi ? Une ducasse : la fête patronale d'une ville, littéralement une « fête de la Dédicace » ! Le mot est né, au XIIe siècle, d'une variante régionale de *dédicace*, même si la plupart des joyeux fêtards l'ignorent : tout ce qui compte, c'est que « C'est l'ducasse ! ».

les vasques des bénitiers, comment ont-ils pu consacrer des édifices un jour et des livres le lendemain ? Comment sont-ils passés des pierres au papier, des paroles qui volent aux écrits qui restent ? Rien d'original, ils n'ont fait que reprendre à leurs géniteurs latins un usage étendu de leur acception originelle, grâce auquel il était permis de consacrer à autrui non seulement d'éminents lieux de la cité, mais également toutes sortes d'ouvrages : après tout, de ciment ou d'encre, sortis des mains ou de l'esprit, tous n'en méritaient pas moins une dédicace !

Au-delà de leur sens exclusif initial, *dédier* et *dédicace* embrassèrent donc une carrière littéraire et signifièrent respectivement « faire hommage d'un texte ou d'un livre à quelqu'un » et « fait de dédier un livre à quelqu'un ». Ensuite, par métonymie, le second désigna l'inscription qui, gravée sur un monument, en commémore la consécration : le sens s'étendit aux livres, ces monuments de la pensée et de la parole – bien que tous ne soient pas destinés à devenir des chefs-d'œuvre, à commencer par celui-ci !

Historiquement, la dédicace fut donc d'abord l'acte de consacrer un édifice ou une œuvre à quelqu'un pour lui demander sa protection, avant de désigner l'inscription – la preuve en même temps que le souvenir matériels – de cette demande. Longtemps, cette trace écrite fut exclusivement gravée / imprimée et publique ; comme on le verra plus loin, l'avènement de l'objetlivre inventa parallèlement la dédicace manuscrite et privée.

La très moderne relation auteur-lecteur (bien qu'elle soit motivée autant par l'envie de faire plaisir aux lecteurs que par l'intérêt pour l'écrivain de fidéliser ceux-ci) fut précédée d'une union aux fondements ouvertement plus mercantiles entre l'auteur et son dédicataire : avant d'être un lecteur potentiel, celui-ci était surtout un mécène ! Autrement dit, avant d'être un séducteur, *dédicace* était un mendiant : avant le mariage d'amour, il y en eut un de raison.

Offrande. *Dédier* et *dédicace* sont nés à la fois prosternés et main tendue. Offrir pour recevoir en retour. Cadeau contre protection. Donnant-donnant. Cette pratique du renvoi d'ascenseur passa du giron religieux à celui des Lettres. On *dédiait* des églises à la Vierge ? Pourquoi pas des livres au Roi ? D'autant plus que l'avantage des grands hommes sur les saints, c'est qu'ils ne se contenteraient pas d'accorder aux entreprises humaines leur garantie morale : ils sauraient, en outre, bourse délier ! La bienveillance de sainte Ursule, ça lui faisait une belle jambe à *dédicace* ; le temps était venu pour lui de vanter la générosité de Sa Majesté : à une époque où les droits d'auteur n'existaient pas, un salaire valait bien quelques courbettes.

On vit ainsi apparaître les dédicaces imprimées les plus célèbres : les « épîtres dédicatoires », dont le siècle des classiques fut l'âge d'or. Mélange

peut s'approprier tout l'ouvrage sauf ces mots-là – qui influencent pourtant sa lecture. Envieux et délaissé, il se prend à rêver (« Ah, si j'étais "mon bibi" à qui Vian dédie *L'Écume des jours*... ») ou reste prostré sur une interrogation d'amant éconduit (« Qui est cette Anne qui a les faveurs de l'auteur ? »). En fin de compte, le don est-il vraiment désintéressé ? La dédicace est une prise d'otages avec demande de rançon sentimentale : l'écrivain prend ses lecteurs à témoin de l'affection qu'il porte à une personne qui – il l'espère – le lui rendra bien. Il y a toujours échange, mais les sentiments se sont substitués à l'argent !

Avec tout ça, aussi étonnant que cela puisse paraître, nous n'avons pas encore parlé de... *dédicacer* ! Après avoir pointé le bout de son nez au XVe siècle dans l'acception religieuse, le verbe n'apparut vraiment qu'au XIXe siècle (avec l'essor industriel de l'édition) et prit tout de suite le sens actuel. À une ou deux exceptions près, *dédicacer* n'a donc jamais signifié « consacrer » !

Formé à partir du substantif, *dédicacer* tomba à pic pour désigner une activité que *dédier* n'eût pu prendre en charge sans froisser la susceptibilité des dédicataires traditionnels : en effet, il fallut désormais distinguer l'action de pourvoir une œuvre d'une dédicace imprimée et publique, et l'action de faire dans un exemplaire une dédicace manuscrite et privée. L'élégance minimale de l'auteur fut d'éviter de confondre l'ami, le proche, le maître sous le patronage duquel il avait décidé de placer son travail et le quidam qui venait lui quémander quelques mots et une signature. *Dédier*, volonté de l'auteur ; *dédicacer*, demande du lecteur.

Quoique.

Avant d'« être en dédicace(s) » et de se vendre au premier venu dans les salons, les foires et autres festivals du livre en tous genres, *dédicacer* dut commencer par réserver un traitement particulier à quelques bénéficiaires triés sur le volet. En effet, les premières dédicaces autographes étaient et sont toujours destinées à l'entourage, mais aussi aux gens du métier : journalistes, confrères, relations. Ainsi, bien qu'ayant choisi de *dédier* son ouvrage à une seule personne, l'écrivain s'applique-t-il à *dédicacer* les « services de presse » : ces dizaines d'exemplaires seront gracieusement offerts et envoyés, avant parution, à leurs dédicataires... dans l'espoir d'un écho médiatique – les journalistes seraient-ils, indirectement, les nouveaux mécènes ?

L'exercice de ces dédicaces pas comme les autres a son charme, qui permet d'alterner traits humoristico-affectueux aux proches et formules tout en retenue pour PPDA et autres Guillaume Durand. Mais souvent le résultat n'est pas celui escompté : l'auteur attendait des dizaines d'articles, en lieu et place il découvre plusieurs exemplaires « hommages » de son livre sur les tables des... bouquinistes – la page portant la dédicace ayant été préalablement arrachée !

Si on mesure l'attachement vital de *dédicacer* aux livres, on ne voit pas pourquoi il ne pourrait pas aussi aimer les chansons : celles-ci ne sont-elles pas des romans miniatures et la littérature n'est-elle pas de la musique avant toute chose ? *Dédicacer* a le rythme dans la peau ; les rappeurs l'apprécient beaucoup : qu'ils signent les pochettes de leurs disques ou des posters pour chambres de minettes, ou qu'ils consacrent « dans le texte » leurs compositions à telle ou telle personne, ils mettent *dédicacer* à l'honneur et... à toutes les sauces, au grand dam de *dédier* qui semble ne pas faire partie de leur lexique ! Ainsi, « Marly-Gommont », le tube de Kamini, est-il « dédicacé à tous ceux qui viennent des p'tits patelins ». Dans sa chanson « J'dédicace », Manau s'emballe : « J'dédicace ceci à tous les miens [...] / À tous les individus qui peuplent ma Tribu. » Enfin, un morceau pour « dédicacer », quelquefois baptisé *outro*, clôture l'un ou l'autre album. Bref, les rappeurs ne *dédient* jamais, mais *dédicacent* à tout-va ! « Les Passantes » l'ont échappé belle ; à un tiers de siècle près, Brassens aurait chanté : « Je veux dédicacer ce rif / À toutes les meufs qu'on kiffe... »

Puisqu'on est dans la zic, allumons la radio et profitons-en pour écouter une... « Spéciale Dédicaces » ! Peut-être une dédicace vous y sera-t-elle destinée ? C'est que *dédicacer / dédier* se sont démocratisés et ne sont plus l'apanage des auteurs depuis longtemps : chacun peut offrir à autrui un livre, un disque, ou encore la diffusion d'une chanson, en y ajoutant sa « dédicace », quelques mots tendres en prélude au cadeau. Qui n'a jamais *dédicacé* et glissé sous le sapin le dernier prix Goncourt pour la tante Huguette, attribuée à notre portefeuille par les hasards du tirage au sort annuel du « qui offre à qui » ? À la télé, sous les clips musicaux défilent souvent des dédicaces, envoyées par mail ou par SMS. À la radio, les dédicaces des auditeurs sont toujours l'occasion d'une grande confusion entre les deux verbes : les uns s'obstinent à *dédicacer*, les autres s'aventurent à *dédier*, sans que l'on parvienne à savoir qui a raison, qui a tort. *Dédier* semble réservé au créateur : peut-on honnêtement *dédier* à quelqu'un une œuvre dont on n'est pas l'auteur ? *Dédicacer* sonne faux dès qu'on sort de l'écrit : peut-on vraiment *dédicacer* autrement qu'à la main ? L'indécision provient du fait que, comme si de rien n'était, la dédicace ainsi que son objet se sont dématérialisés : de l'écrit à l'oral, jusqu'au simple geste symbolique, la dédicace peut porter sur des événements éphémères – pensons au cycliste qui, par un balancement des bras croisés, *dédie* sa victoire à son bébé… Et vous, quel auditeur êtes-vous ? Voudriez-vous *dédier* ou *dédicacer* une chanson ? À moins que vous n'évitiez de trancher et ne choisissiez simplement de… « faire une dédicace » !

Enfin, depuis une vingtaine d'années, *dédier* et *dédicacer* affichent sur les noms qu'ils accompagnent une étrange étiquette : « Réservé ! » Lu et entendu, pêle-mêle : un espace *dédié* à la musique, un portail *dédicacé* à la culture, une séance d'information *dédiée* à la législation sur le bénévolat, une nouvelle vodka *dédicacée* aux femmes, une information confidentielle *dédiée* exclusivement au(x) destinataire(s) d'un mail, ou encore un interlocuteur *dédicacé* à l'organisation d'un événement ! Ces exemples du quotidien insistent encore sur le « dédicataire », mais un usage plus étrange, et non moins fréquent, fait passer celui-ci à la trappe : un fonds *dédié*, des comptes *dédicacés*, des classeurs *dédiés*, un hébergement serveur *dédicacé*… Par qui ? À qui ? Les questions ne se posent plus : ce fonds, ce serveur sont « spécialisés », « affectés à une fonction particulière », « conçus pour une utilisation précise » (d'où la formulation hybride, et syntaxiquement fautive, que l'on entend quelquefois : « dédié pour »).

D'où viennent ces emplois et ces acceptions modernes ?

Pour *dédier* : du passé et de l'érosion… Rappelez-vous l'office rempli par *dedicare* : faire présent à un dieu, pour obtenir sa protection, d'un sanctuaire érigé à son intention, « spécialement conçu pour » lui. C'est dire l'importance du dédicataire et le rôle central de l'objet *dédié* : un lien direct les unissait l'un à l'autre, le second était bien « réservé » au premier. Mais cette dimension d'échange s'est peu à peu effacée, jusqu'à rendre le dédicataire inutile ou du moins à le transformer en simple… destinataire d'un objet. Une « collection dédiée à la langue française » rassemble des bouquins réservés au langage, sans qu'elle lui soit en outre symboliquement offerte – bien que cette connotation soit tentante !

Quant à *dédicacer*, il faut admettre qu'on le retrouve ici par égarement : à la fois, par confusion avec *dédier*, employé dans le même contexte, et sous l'influence de l'anglais *dedicated*, principalement utilisé en informatique et traduit de façon erronée par « dédicacé » (dont l'infinitif anglais correspondant serait plutôt *to sign* ou *to autograph*). Un « *dedicated software* », généralement transposé en « logiciel dédicacé » ou dans le meilleur des cas en « logiciel dédié », serait-il moins efficace s'il était présenté comme un « logiciel spécialisé » ? Malheureusement, ces logiciels rapportent sans doute à leurs concepteurs plus d'euros que de remarques sur leur vocabulaire !

Terminons par une mention particulière à… l'« impôt philosophiquement dédicacé » ! Il s'agit d'un impôt que chaque contribuable peut décider d'affecter à l'une des « philosophies » (culte religieux ou mouvement laïc) reconnues par l'État. Dans les pays où cette personnalisation n'existe pas, la répartition de l'impôt « religieux » entre les différentes institutions est définie par la loi. Or, le monde change, la laïcité a le vent en poupe et des voix s'élèvent pour que l'on revoie les méthodes de financement : la répartition des deniers publics ne serait pas proportionnelle à celle des appartenances religieuses de la population… Ne discutons même pas du fond, qui remet en question toute démocratie représentative et qui est révélateur du poids du « religieux » dans nos sociétés (pourquoi confier au contribuable la manière de subventionner tel domaine et pas tel autre ?). Mais fallait-il revendiquer un « impôt philosophiquement dédicacé » ? Celui-ci est-il donc « dédicacé avec philosophie » ? Est-il même simplement « dédicacé » ? S'il avait consulté un dictionnaire, l'auteur de cette malheureuse formule aurait choisi l'adjectif *dédié* ou, mieux, *réservé*, et, à l'adverbe (marquant une manière de faire et non l'objet de l'action), aurait préféré un complément indirect : peut-être eût-on alors apprécié cet « impôt réservé à une philosophie » ?

Depuis quelques années, *dédier* et *dédicacer* traversent donc une période mouvementée. L'histoire montre par ailleurs que, derrière leurs airs de grands prêtres ancestraux, se dévoile leur intérêt personnel – pécuniaire, très souvent. Cela ravira les défenseurs des logiciels *dédiés* et autres impôts *dédicacés* : qu'importent les lettres, si c'est pour faire du chiffre !

dénoter, détoner, détonner

– Cher ami, que pensez-vous de ces trois-là ?

– *Dénoter* ? Cacophonie… *Détoner* ? On ne peut jouer mineur et majeur à la fois… *Détonn…* (*Un violent orage éclate.*) La foudre tombe à pic !… (*Criant plus fort :*) On ne s'entend plus… C'est le déluge, rentrons ! (*Ils emportent leurs consommations, s'installent à une table à l'intérieur.*)

– Rassurez-vous, je vous ai très bien entendu… mais j'aurais peut-être mieux fait de me boucher les oreilles…

– Moi aussi, ça bourdonne ! Notez, c'est vrai que c'était un fameux coup !

– Non… je parlais de votre méconnaissance lexicale…

– Ma méconn… eh bien, au moins c'est net, le ton est donné !

– Certes… Si je devais vous noter, vous changeriez de ton.

– Vous entonnez l'air du prof…

– En effet et je vous prie de prendre note.

– Musique, maestro ! Qu'y a-t-il à la clef ? Une sole, un far, une hutte ?

– Dit-il, sur le ton de la plaisanterie… Non, mon ami, seulement quelques bémols… Dans *dénoter*, de quelles notes s'agit-il, selon vous ?

– Quelle question ! Des fausses !

– Des fausses… Vous, vous en méritez une vraie : une mauvaise !

– Ce ne sont pas les notes de la gamme ?

– Non, vous dis-je : passez-les à la gomme ! Pourquoi supposiez-vous cela ? Par association d'idées avec les « fausses notes », sans parler du préfixe *dé-* qui vous rappelle des verbes comme *défaire*, *déconstruire*, *démonter*… et renforce votre perception négative de *dénoter* ? À moins que ce ne soit par une analogie erronée avec le « ton » que vous entendez dans *détoner* ?…

– Attendez… vous avez raison… Alors, c'est une histoire de couleurs, n'est-ce pas ?

– De couleurs…

– Une note… Un ton… Une note : une touche de couleur… Un ton : un coloris, non ?…

– …

– Je vous étonne ?

– Vous me tannez…

– Quel ton !

– Pardon ?

– Je veux dire : quel temps !… (*Ils regardent un instant la pluie que le vent rabat violemment sur la vitre.*)

– Si je résume, vous pensez que *dénoter détonne*, que *détoner détonne* et que *détonner détone* !

– Ce que vous dites fera date… mais en attendant, ça me donne plutôt mal à la tête…

– Je vous explique.

– Je réplique : rinçons-nous d'abord le gosier, ça nous redonnera du tonus ! (*Ils boivent quelques gorgées.*)

– Cher ami, vous êtes épatant, vous me tendez des perches… Vous avez retrouvé votre « tonus » ? Alors, parlons étymologie !

– Soyons fous !

– Les notes auxquelles se rapporte *dénoter* laissent beaucoup plus de traces que celles, musicales puis colorées, que vous aviez à l'esprit : et pour cause, ce sont des « signes », des « marques », comme le signifie le latin *nota*. *Dénoter*, c'est donc littéralement « désigner » ou « signifier », autrement dit « être le signe de, la marque de, l'indice de » !

– …

– Votre visage *dénote* l'étonnement !

– C'est-à-dire que… je comprends pourquoi vous vouliez me faire chanter sur un autre ton, d'autant plus que je chantais comme une casserole : avec mes « fausses notes », j'étais complètement à côté de la plaque, j'étais enduit en erreur…

– Induit, cher ami, induit… mais passons aux deux autres verbes qui nous occupent… Quelle tête vous faites là, allons, ressaisissez-vous, mon vieux, on vous croirait en colère !

– J'ai la haine…

– J'ose espérer que c'est contre vous-même… Mais j'ai mieux pour vous que *la* haine : *le* N !

– Décodeur, s'il vous plaît…

– *Détoner* ou *détonner* ? Un ou deux N ?

– Je vous l'ai déjà dit… Un pour l'erreur de ton, deux pour la foudre.

– Hélas, double faute, dans les deux sens de l'expression : vous vous trompez pour chacune de vos affirmations, et en plus vous persistez malgré mes mises en garde…

– Je m'avoue vaincu… Ce serait donc l'inverse : le ton se rapporterait à *détonner* et le tonnerre à *détoner* ?

– En effet. *Détonner*, avec deux N, c'est s'écarter du ton, avec un N ; *détoner*, avec un N, c'est faire un bruit d'explosion semblable au tonnerre, avec deux N !

– De quoi « *N*-erver » l'apprenti francophone, si je puis me permettre…

– Oh, et même les vieux dinosaures (avec un N !) comme moi : j'ai toujours un dictionnaire (avec deux N !) sous la main… Mais revenons-en à votre « tonus », que je vous félicitais d'avoir évoqué il y a quelques instants. *Détonner*, avec deux N, est précisément dérivé du mot latin… *tonus* (lui-même emprunté au grec *τονος*), avec un N, signifiant « son d'un instrument », « tension »… d'où votre tonus, votre dynamisme ! *Détonner*, c'est chanter faux, et, par extension, trancher, produire un contraste pas forcément agréable… *Détoner*, avec un N, est emprunté au latin *detonare*, signifiant « tonner » (avec deux N). *Détoner*, c'est être le siège d'une explosion, et, au figuré, produire un effet explosif plutôt positif…

– Si j'ai bien compris, *dénoter* désigne quelque chose par certains signes ou « notes », *détonner* n'est pas dans le ton, et *détoner* fait un bruit du tonnerre ?

– Exactement ! Vous aviez donc triplement tort…

– Et vous mille fois raison !

– Vous êtes trop bon… Ah, mais vous retrouvez toutes vos… couleurs !

– Grâce à vous, j'ai l'esprit plus net ! Tenez, par exemple, puisqu'on en revient aux couleurs, écoutez ça : « Le choix des couleurs *dénote* souvent le caractère de l'individu, aussi sera-t-on attentif à préférer un mélange *détonant* de couleurs à des couleurs qui *détonnent* ! »

– Bravo ! Cher ami, nous formons une équipe *détonante* ! Notre échange *détonnera*, positivement, dans cet opuscule où tout est un peu trop de « bon ton »…

– Je dirais même qu'il fera l'effet d'un… détonateur ! Partons sur cette bonne note ! (*Il appelle le garçon.*) Laissez-moi régler la note, j'ai une telle dette envers vous !

– Laissez ça, ce sera pour mes notes de frais ! (*Il paie.*)

– Dans ce cas… Mais méfiez-vous : si c'est pour

votre éditeur, elles se retrouveront peut-être en note… de bas de page [1] !

1.

BAR BRASSERIE
AU COCKTAIL DÉTONANT

2 VODKA RED BULL	7.00
TOTAL EUR	14.00
ESPÈCE EUR	14.00

20/07/2008/17:20:31
Numéro de ticket : 055371

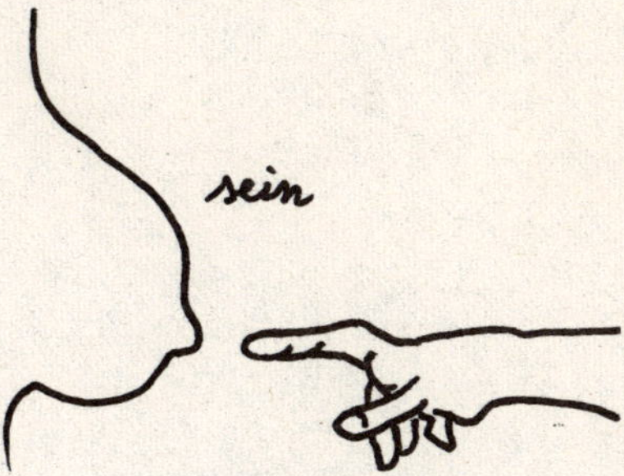

EFFLEURER

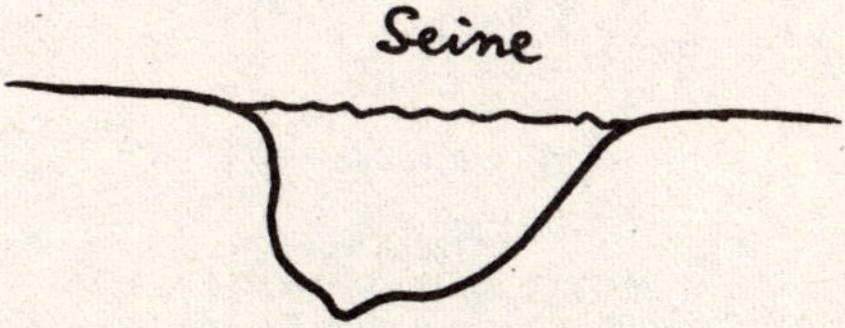

AFFLEURER

effleurer, affleurer

Dès qu'on vous *effleure*, vous vous froissez et la colère *affleure* sur votre visage. Eh oui, vous êtes comme ça, quelqu'un de sensible, « à fleur de peau » ! Quelle sorte de bouquet est-ce là : des fleurs… de peau ? Couleur : blanche, noire, jaune ? Ne faites pas l'idiot… Vous êtes à fleur de peau parce que les taquineries les plus « superficielles » vous atteignent en plein cœur. Le latin *flos*, *floris* signifiait « fleur » et par extension désignait la surface, la partie supérieure d'une chose – la fleur étant celle de la tige. Si vous êtes « à fleur de peau », c'est qu'il suffit de vous titiller « en surface » pour vous blesser : vous prenez la mouche au moindre frôlement – et une fleur qui attire les mouches, ça n'est pas très romantique !

Bref, *affleurer* et *effleurer* sont deux verbes « superficiels » et c'est bien la raison pour laquelle on les confond. Dans les deux cas, la surface est… au centre de l'action, ce qui n'aide pas à distinguer aisément les mots, à moins de retenir leur secret :

le premier a le souci des plans bien lisses, le second celui des petites écorchures.

Plans bien lisses ? Muni d'un rabot, de papier de verre ou de tout autre ustensile servant à poncer, vous mettez de niveau deux panneaux de bois contigus : vous les *affleurez*, de sorte que l'un ne fasse pas saillie sur l'autre – le véritable outil *ad hoc* s'appelle ni plus ni moins une... affleureuse ! Votre pelouse n'est pas uniforme car le terrain est trop rocheux et le roc *affleure* par endroits : il arrive au niveau du sol. Au figuré, tout ce qui *affleure* émerge, perce, transparaît, monte... mais seulement à la surface (et pas au-delà), comme la fameuse colère sur votre visage : le verbe est directement formé sur l'expression « à fleur de ».

Petites écorchures ? Autrefois, *effleurer* signifiait dépouiller une plante de ses fleurs. Par analogie, le geste s'applique à toute chose dont on n'entame que la surface. Si l'effleurement suffit souvent à blesser les grands susceptibles, il peut aussi être bon lorsqu'une idée lumineuse nous *effleure* l'esprit. Vous hésitez encore entre les deux verbes ? *Effleurer* ne manque pas de synonymes, selon le contexte ; utilisez-les : égratigner, érafler, friser, frôler, lécher, raser, caresser, chatouiller...

Comme il n'y a pas de règle sans exception, on ajoutera qu'un tanneur qui *effleure* une peau est occupé à la débarrasser de ses aspérités : autrement dit, à la « rendre lisse ». On aurait pu attendre ici *affleure*. Dans le même ordre d'idées, on distinguera l'effleurage (« lissage d'une peau ») de l'affleurage

(« rognage du bois » mais aussi « délayage de la pâte à papier »).

Une mise en contexte, « pour le plaisir » ? « Les habitants subissaient l'humeur du fleuve depuis plus de dix ans et régulièrement alertaient les autorités locales du danger qu'une crue plus grande pourrait représenter. Cet été-là encore, la situation était inquiétante : depuis quelques jours, le cours d'eau *affleurait* presque ses rives, sans qu'aucune mesure ne soit décidée par le maire. Le comité des riverains l'avait déjà interpellé à plusieurs reprises, mais dans ses réponses celui-ci ne faisait qu'*effleurer* le problème, qu'il éludait sans lui apporter de solution. Pour les riverains, cet immobilisme était littéralement "la goutte d'eau qui fait déborder… *la* vase" : il fallait en appeler de toute urgence au niveau national, sans quoi on courrait à la catastrophe. »

Affleurer, *effleurer*. « Superficiels » ? Chassons l'équivoque : ces deux verbes sont essentiels, tant ils introduisent de nuances – la fine fleur des paronymes !

empreint, emprunt

Hein ?

Que font dans ce recueil deux mots parfaitement identiques ? Comment ça, identiques ? En êtes-vous bien sûr ? Évidemment, tels Dupond et Dupont, ils s'orthographient différemment... mais, contrairement au nom des célèbres inspecteurs, ils ont chacun leur prononciation ! Homonymes ? Non ! Brin n'est pas brun, Alain n'a pas de pierre d'alun, geint n'est pas à jeun, main n'habite pas à Meung, hein n'est pas un Hun et *empreint* ne fait pas d'*emprunt*. Vous les croyiez « homo- » : ce sont des paronymes. Ça vous en bouche un coin, hein !

Analysons humblement vos convictions défuntes... Soit, par exemple, un keuf qui joue au chef (jusque-là, rien d'étonnant). Prenez le chef, répétez son nom plusieurs fois : chef, chef, chef. Vous le tenez ? Oui, chef ! Isolez le son *è* du chef, *è*, *è*, *è*. Maintenant, prononcez ce son *è* en essayant de le faire passer « par le nez ». Allez-y :

è, *è*, *in*, *in*, *hin*, *hein*… Voilà, vous l'avez : *hein* ! Lâchez un peu le chef et kiffez le keuf. Répétez : keuf, keuf, keuf (bon, ça marche aussi avec meuf, meuf, meuf, si vous préférez, question kif). Isolez le son *eu* du keuf, *eu*, *eu*, *eu*. À présent, lancez-le au pif (le vrai, pas le hasard) : *eu*, *eu*, *eun*, *eun*, *un*… Et voilà, un beau *un* ! Exercice final (répétez plusieurs fois en accentuant les « sons » en italique) : « Le ch*e*f a le visage empr*ein*t de colère ; le k*eu*f démasque les noms d'empr*un*t. »

Le français moderne est ainsi fait. Il comporte quatre – et non trois – voyelles dites « nasales », que l'on retrouve par exemple dans « un bon grand bain ». Comme la langue française est bien faite : en quatre sons bien à elle, le bonheur !

Il existe un alphabet phonétique, avec des caractères particuliers qui distinguent les sons, mais pour faire simple, on se contentera d'une « traduction » avec nos lettres à nous : *un*, *on*, *an*, *in*. Il existe des gens sérieux qui passent leur vie à examiner ces sons, qu'ils appellent des « phonèmes », et dont ils expliquent l'évolution au cours des siècles en vitupérant les « locuteurs » qui, à partir d'un « épicentre linguistique », sont responsables de la disparition de certains d'entre eux… Pour faire simple et plus direct, on se contentera d'écrire que les Parisiens (pardonnez-leur) ont tendance à ne plus distinguer les sons *in*/*un*, *a*/*â*, ou encore *è*/*é* : ainsi, on n'entend plus dire clairement « L*un*di, je t*â*cher*é* d'être à l'heure », mais quelque chose comme « L*in*di, je t*a*cher*è* d'être à l'heure »…

Le mal ne serait pas si grand si cette uniformisation sonore n'influençait pas l'écrit. Car c'est évidemment sur papier ou à l'écran que l'on mesure l'ampleur du… séisme ! On y mélange tout : le futur, *emprunt* d'incertitude, s'écrit désormais au conditionnel… Si cette orthographe est unanimement condamnée, la prononciation « au conditionnel » ne heurte hélas plus assez de monde : même un dictionnaire comme *Le Robert* indique depuis plus de quinze ans, dans ses tableaux de conjugaison, le son final *è* pour la première personne du futur simple ! Quant à *emprunt* pour *empreint* (dans l'expression « empreint de »), l'inversion orthographique semble obéir à une autre logique, contrariant la règle selon laquelle la prononciation déformerait l'écriture : les « gens » devraient écrire sans hésitation *empreint* de, puisqu'ils prononcent *in* et non *un*…, mais ils écrivent *emprunt* de, sans doute parce qu'ils ont davantage l'habitude de contracter le second que de décrire leurs sentiments par le premier – le mot *emprunt* nous accompagne tous les jours pendant des années jusqu'au dernier versement ; le terme *empreint*, d'usage littéraire, est moins fréquent.

Une brève histoire de ces paronymes vous convaincra définitivement : d'une part, de ne plus les prononcer de la même manière, et, d'autre part, de ne plus écrire l'un pour l'autre. Retrouvons d'abord le verbe auquel chacun correspond. *Emprunt* ? Emprunter. *Empreint* ? Empreinter… bien sûr que non : empreindre !

Emprunter vient du latin *impromutuare*, formé à partir de *promutuum* désignant une avance d'argent, nom lui-même dérivé de l'adjectif *mutuus*, signifiant « réciproque », lequel se rattache à une racine indo-européenne °*mei*, « échanger ». Emprunter, c'est obtenir une chose à titre de prêt, en promettant de la rendre après usage. Si c'est de l'argent, on y ajoute des intérêts. Et dans certains cas, on ne rend rien : les mots empruntés à d'autres langues en savent quelque chose ! Au figuré, ce qui est emprunté ou d'*emprunt* est factice…

Empreindre vient du latin *imprimere*, « appuyer sur, marquer par pression sur une surface » : on *empreint* un sceau dans la cire, des pas dans la neige… Par extension, au figuré, on peut empreindre tout ce qu'on veut d'un trait de caractère, par exemple : un monument de sensualité, un article d'une pensée originale… Mais c'est au passif que les traces sont les plus abondantes : un visage *empreint* de tristesse, un sourire *empreint* de bonté, un ami resté *empreint* dans la mémoire… Le verbe latin est à l'origine d'une série de mots bien connus, comme *imprimer*, *impression* ou encore *empreinte* – que certains écrivent *emprunte* ! Il convient pourtant de distinguer l'*emprunt*, souvent économique, et l'empreinte, écologique par exemple…

En conclusion, là où *empreindre* ne produit qu'un creux superficiel mais souvent durable, *emprunter* laisse un trou… provisoire – en principe ! Empreindre, c'est poser la main ; emprunter, la refermer.

Empreint de douleur ou *emprunt* de dollars ? À vous de choisir, mais ne faites pas de mélanges et respectez les sons : qui dit mal *un* tombe dans le rav*in* !

événement, avènement

Veni… veni… veni ! « Je suis venu… je suis venu et… je suis venu ! » L'*événement* et l'*avènement* désignent deux situations qui se distinguent l'une de l'autre par leur manière de « venir ».

Nous entrons dans la civilisation du virtuel : c'est l'*avènement* d'une ère nouvelle, l'établissement de quelque chose d'inédit et d'important. Dans le vocabulaire du pouvoir, on parle d'*avènement* – d'un roi au trône, par exemple – pour signaler l'accession d'un individu à une dignité suprême. Toutefois, c'est à la religion chrétienne que le mot doit son usage le plus connu, l'*avènement* du Christ étant la venue du Messie sur Terre…

… et cette venue fut un fameux *événement* (ou *évènement*) : c'est-à-dire littéralement « une chose qui arrive », et concrètement « une chose significative, marquante (voire exceptionnelle) qui se produit ». Une fois que le fait s'est réalisé, on ne peut l'effacer : les *événements* – historiques, politiques, familiaux… – construisent le présent et… l'« à venir » !

Avènement reprend les valeurs du verbe *advenir*, « arriver, se réaliser, réussir », du latin *advenire* (composé de *ad* et *venire*), c'est-à-dire à la lettre « venir vers ». *Événement*… vient du latin *evenire* (composé de *ex* et *venire*), « venir hors de, sortir, se produire ».

D'un côté, on considère le fait dans son commencement ; de l'autre, dans son résultat. Les théâtreux approuveront, qui nomment *événement* le dénouement d'une pièce. Et quelle expression plus riche de sens que « attendre un heureux événement » ? Cet *événement*-là est à la fois un fait notable et une « venue hors du » ventre maternel : cela mérite bien neuf mois d'attente !

fugitif, furtif

À peine le temps de les nommer qu'ils ont déjà filé !

C'est que, tout en poursuivant des objectifs distincts, l'un et l'autre déploient une stratégie commune : la vitesse d'exécution. Pour déserter un lieu, *fugitif* bat le record du monde de rapidité sur toutes les distances. Pour n'être point surpris, *furtif* frôle les murs à folle allure. Tous deux n'ont qu'une idée en tête : agir vite. L'un pour fuir, l'autre pour passer inaperçu – ce qui n'empêche pas le premier d'ajouter la discrétion à son plan d'évasion (c'est même conseillé !) et le second de devoir à l'occasion accommoder sa maîtrise de l'invisibilité à l'art de la fuite…

Est-ce le parrainage d'un commentateur sportif néophyte et ancien entraîneur qui justifie d'intégrer dans ce catalogue de paronymes deux sprinters redoutables ? Pas loin de ça… Vous n'êtes pas sans savoir que cette même personne est avant tout un écrivain qui « voue son écriture à la restitution d'instants fugitifs », comme on peut le lire au dos de plusieurs de ses ouvrages. Or, combien sommes-nous à nous méprendre en utilisant un adjectif à la place de l'autre, notamment pour évoquer ces situations minuscules où « quelque chose se passe » en une fraction de seconde ? Sans le moindre rougissement, on se prétend dégustateur de « moments furtifs », amateur de « sensations furtives », quand on n'affirme pas carrément prendre un plaisir tout particulier à saisir « *le* furtif » au vol, à en graver l'image précise dans notre mémoire ou sur le cadran de notre appareil numérique… On sait vivre, nous !

Oui… mais en revanche on ne sait pas parler !

On les croit synonymes ; ce sont des paronymes ! *Fugitif* et *furtif* partagent leur méthode, la rapidité ; aveuglés par cet éclair, nous lui associons la signification des deux mots, sans distinguer ceux-ci.

Pourtant, si *fugitif* excelle par sa vitesse, *furtif* vaut surtout par sa discrétion. Le premier signifie « qui apparaît très brièvement » ou « éphémère, qui s'écoule rapidement et irrémédiablement » : le temps de réaliser sa présence, il s'est déjà évaporé. Le second « cherche par la rapidité à échapper aux regards » et son acception se résume souvent à « qui passe presque inaperçu ».

Fugitif est instable, fuyant et peu durable : il a été emprunté il y a huit siècles au latin *fugitivus* (« qui s'enfuit », de *fugere*, « fuir ») pour qualifier les esclaves ou les soldats prenant la clef des champs, ou encore les bannis contraints à l'exil. Au XVIIe siècle, il a évincé définitivement l'ancien français *fuitif* (évolution normale du latin *fugitivus*) et étendu sa signification à tout ce qui, s'éloignant ou s'écoulant rapidement, est « de brève durée ».

Furtif est discret, obscur et hâtif : il a été emprunté au XIVe siècle au latin *furtivus*, « dérobé » puis « secret » (puisque l'on cache ce que l'on a volé !), du nom *furtum*, « vol », lui-même dérivé de *fur*, « voleur » (également à l'origine des mots *furet*, *fureter*, *fourguer*...). Tout ce qu'il tente, il le fait « comme en cachette », sur la pointe des pieds, à la fois promptement et sans attirer l'attention.

Fugitif ? Un état de grâce, une gloire, une vision, une idée géniale, une pensée, un souvenir qui refait surface, des heures regrettées, une impression, une émotion, une existence, un éclat, un bonheur, un espoir, un retour, mais aussi un roi déchu, un pape excommunié, un criminel traqué...

Furtif ? Un coup d'œil, un regard, un pas, une main, une relation, un adultère, un baiser, un bruissement, un souffle, un embarquement...

On voudrait attraper *fugitif* comme on arrêterait le temps, on aimerait contrarier *furtif* comme on percerait un secret. Comment suspendre l'un, comment surprendre l'autre ? Le premier, toujours errant, insaisissable, vain, incertain, périssable... Le second à la fois cachottier, impénétrable, mystérieux, mais aussi timide, hésitant, livide, muet, prêtant l'oreille...

Fugitif ne fait que passer, *furtif* a quelque chose à cacher.

Un fuyard et un voleur !

D'une part, cela ne dissuade pas certains noms, avides d'expérimentations, de rechercher la compagnie des deux adjectifs. Situations dont le contraste offre parfois un dilemme. Que préférer, entre un amour de vacances ô combien désiré mais que l'on sait à l'avance *fugitif* et de *furtives* amours condamnées à le rester toute une vie durant ? Est-il plus simple pour le peintre de fixer un sourire *fugitif* sur une toile ou d'y représenter le sourire *furtif* d'un personnage vers un autre, ce qui rendrait, dans un cas, l'éphémère éternel et, dans l'autre, l'imperceptible visible ? Des plaisirs *fugitifs*, volés au temps, sont-ils plus intenses que des plaisirs *furtifs*, dissimulés aux autres ?…

D'autre part, ne vous est-il jamais arrivé de croiser un individu courant en pleine rue « comme s'il venait de commettre un délit » ? Ce qui ressemble à une fuite éveille notre méfiance : il n'en faut pas plus pour assimiler notre fuyard à un… voleur ! D'où la métamorphose occasionnelle de *fugitif* en *furtif*, au-delà même d'une confusion s'expliquant par un penchant commun pour la vitesse… Impropriétés de langage ? Pas si sûr… Si l'envie me prend d'évoquer le « furtif passage d'une animatrice » sur une chaîne télévisée, la formule ne contient-elle pas un supplément d'ironie ? L'apparition fut tellement courte que personne ne se souvient avoir *vu* cette présentatrice sur cette chaîne… Et pourquoi n'aurais-je pas le droit de « glisser un petit coucou furtif » ici même, à l'instant précis, sur cette page, à mes amis ? (Ouf, c'est fait !) Salut *fugitif*, certes, mais à la dérobée, très vite et sans déranger…

Fuyard invétéré et / ou habile voleur, que ce soit pour prendre la poudre d'escampette et / ou pour faire disparaître un butin aussitôt après l'avoir emporté, *fugitif* et *furtif* ont chacun leurs emplois particuliers, pour lesquels il est – encore davantage – recommandé de ne pas inverser les qualificatifs.

Tous les dictionnaires mentionnent la « pièce fugitive ». Qu'est-ce là ? Une pièce montée… aussi vite « démontée » ? Un lieu éphémère de la maison ? Non… Il s'agit d'une poésie brève sur un sujet léger, souvent inspirée par les circonstances – par ailleurs, *fugitif* ou *fugitivement* sont des classiques du vocabulaire du poète en herbe (me viennent à l'esprit ces vers méconnus, qui me sont pourtant familiers : « Fugitivement pensées / À la morsure de ton haleine vaporeuse / Tes harmonies me cisèlent la Beauté / Princesses de mes chaudes ténèbres / En un globe de fumée / Consumant mon hédonique rêve / Et l'ivresse suante de ta poitrine / En le divin charnel d'une offrande fugitive… »). Il semble que les représentants de ce genre littéraire soient également consacrés par l'adjectif : ainsi Rivarol a-t-il pu écrire au sujet d'Untel qu'il était un « poète fugitif de la première force, mais paresseux ; on n'a guère plus d'un millier de ses petites pièces ;

ce qui n'est rien, vu sa grande facilité »... *Fugitif*: serait-il inapproprié d'appliquer aussi cet étendard à une certaine prose contemporaine, qui sublime le quotidien à travers des textes courts, en souhaitant que celle-ci laisse dans l'histoire de la littérature une trace... durable ? Les célébrants de plaisirs minuscules – plus soucieux de figer le temps que d'être les hérauts d'un quelconque minimalisme – méritent bien qu'on leur offre ce beau mot, promesse de mélancolie et de temps perdu à retrouver...

L'autre incontournable, du *Petit Larousse* à Wikipédia, c'est l'« engin furtif ». Avion, hélicoptère, char, navire, et même missile... Tous ces engins sont *furtifs* (*stealth*, en anglais) : par leur forme et leurs matériaux, ils ont la capacité de se soustraire aux contrôles radar. *Furtifs*, ils sont indétectables ; *fugitifs*, ils ne seraient pas bien dangereux !

D'autres usages, plus spécifiques ou plus modernes, retiennent l'attention : *fugitif* et *furtif* ne sont pas que l'ami de la plume et le fantasme du soldat.

Votre voiture fait des siennes un jour sur deux ? « Problème fugitif », diagnostique le garagiste – qui, la tête dans le moteur, ne voit rien d'anormal – en vous expliquant que c'est la panne du médecin : c'est toujours pareil, Titine a des crises passagères, et ne comptez pas sur elle pour en faire une chez le toubib !

Vous devez subir une transfusion sanguine mais on ne trouve pas de sang compatible avec le vôtre ? Heureusement, des chercheurs tentent actuellement de mettre au point un sang *furtif* : en « camouflant » les globules rouges du précieux liquide à transfuser, le système immunitaire du receveur ne pourra plus identifier leur groupe sanguin et, partant, les rejeter. Grâce à cette technique, le sang – quel que soit son groupe – sera universel. Bon sang, il fallait y penser !

Vous êtes bloqué à la caisse parce que votre boîte de légumes vapeur « brocolis-petits pois-pois gourmands » ne passe pas au scanner ? En une pression sur l'« interrupteur fugitif » de son micro (c'est-à-dire qu'il faut maintenir l'interrupteur enfoncé pour que le courant passe, comme sur les talkies-walkies), la caissière fait savoir à toute la population du magasin qu'« un responsable produits frais et surgelés est demandé caisse onze » ! Pendant que cette annonce résonne, vous vous sentez dévisagé par les dix personnes qui vous suivent et par les files voisines (ah ! cette précision : « caisse onze »), vous voudriez vous faire tout petit, presque demander pardon…

Vous quittez le supermarché et vous vous rendez dans une grande enseigne d'électronique. Au rayon des portables, vous lisez attentivement la boîte d'un modèle que vous êtes décidé à acheter. À vos côtés, deux ou trois autres clients sont plongés dans le même type de lecture… Tout à coup, l'un d'eux se tourne vers vous : « Vous connaissez celui-ci ? » Il vous montre un téléphone en en faisant un descriptif passionné, il va l'acheter – des semaines qu'il en rêve – et vraiment vous devriez en faire autant, celui-ci est à peine plus cher mais combien plus intéressant que votre premier choix – dont vous vous demandez à présent quels atouts vous lui trouviez ! Réaliserez-vous, plus tard, que ce client à l'enthousiasme communicatif n'était qu'un commercial déguisé et que vous avez été victime du très tendance marketing... *furtif* ? Ces professionnels du bouche à oreille lucratif sévissent surtout sur les forums de discussion en ligne consacrés à tel ou tel produit, en se faisant passer pour des utilisateurs enchantés...

Vous débutez dans les jeux vidéo ? Ne confondez pas les options ! En mode *furtif*, votre personnage sera moins aisément repérable (une « jauge de furtivité » vous indiquera son degré de visibilité) ; en mode *fugitif*, il deviendra subitement la cible de tous ses ennemis qui déchargeront leurs munitions sur lui... jusqu'à épuisement du stock (là, vous avez gagné) ou jusqu'à ce que mort s'ensuive (et là, vous avez perdu !). Dans le jargon informatique, on dit aussi qu'un ordinateur est en mode *furtif* lorsque ses ports ne sont pas détectables sur le Net (ce qui le protège des virus).

Pour terminer, si vous hésitez encore entre *fugitif*, le fuyard, et *furtif*, le voleur, oubliez le premier et prenez l'habitude de le remplacer (sauf dans les emplois particuliers précités, eh oui, faut pas exagérer) par... *fugace* : le craintif ! Les deux termes sont, à peu de chose près, synonymes : *fugace* (du latin *fugax*, « qui fuit », de *fugere*) ajoute à *fugitif*

– « court, éphémère » – un sentiment accru d'instabilité (peut-être parce qu'à l'origine l'adjectif signifiait « fuir par frayeur » ?). Un instant *fugitif* vaut bien un instant fugace ; un retour *fugitif*, un retour fugace ; une sensation *fugitive*, une sensation fugace…

Bien sûr, *fugace* a lui aussi ses habitudes, où l'on évitera de le remplacer. On se plaint de l'humeur fugace d'un ado lunatique. On ne se fie plus à une mémoire fugace, qui laisse échapper tant de souvenirs… On regrette d'avoir fait une coloration fugace, s'atténuant dès le premier shampoing. On cultive des plantes fugaces (à ne pas confondre avec *vivaces* !), dont les feuilles tombent dès la maturité. On peut souffrir de douleurs fugaces…

Fugace ? Court…

Fugitif ? … toujours.

Furtif ? Ni vu ni connu !

harde, horde

Harde comme *a*nimal ; *horde* comme h*o*mme.

L'une est un troupeau de bêtes sauvages ; l'autre un groupe de personnes indisciplinées.

« Une harde ! »

Ah, les braves petites bêtes…

« Une horde ! »

Oh, les petits voyous !

Le premier terme vient du francique *herda*, « troupeau ».

Le second a été emprunté au mongol *orda*, « camp militaire », nom désignant les anciennes tribus nomades de Tartares, dont la plus puissante fut la Grande *Horde*… Le mot a évolué vers des sens figurés, de la peuplade errante jusqu'à la simple masse de personnes, en passant par la bande d'individus dangereux.

Mais il n'y a pas que la *horde* qui soit hard… Par exemple, préféreriez-vous être encerclé par une *harde* de loups ou avoir la… hart autour du cou ? Car la *harde* n'est pas qu'un troupeau : elle peut aussi être, non pas une *horde*, mais une… corde ! En effet, le francique °*hard*, « fil, corde », nous a donné la hart, qui servit aussi bien aux pendaisons qu'à la fixation des fagots, et une autre *harde*, permettant d'attacher les chiens de chasse quatre à quatre ou six à six – par extension, le mot désigne le groupe de molosses ainsi… hardés.

Enfin, si une *horde* de délinquants s'introduisent chez vous et dévalisent votre garde-robe, il est probable qu'ils y laisseront vos… *hardes* ! Que feraient-ils de vos vieux vêtements, comme le signifie ce mot emprunté à l'arabe *farda*, « balle de vêtements, d'étoffes, de marchandises… » ?

Harde ou *horde* ? Comment choisir face à une meute de louveteaux jouant, foulard au cou, à une chasse à… l'homme ? Et face à de « jeunes loups » plein d'ambition ? Le trouble est plus grand encore lorsqu'on songe que l'homme est un… loup pour l'homme !

L'homme est un… animal : une *horde* serait-elle d'office une *harde* ?

injonction, injection

Le juge et le médecin.

Non, il ne s'agit pas d'une fable inédite de La Fontaine… mais seulement des rôles que jouent respectivement *injonction* et *injection* dans le monde merveilleux qu'est la langue française ! Monde merveilleux… mais les mots sont comme les hommes : exposés aux maladies du corps et de l'esprit – *injection* soigne les premières, *injonction* les secondes.

LE JUGE. Un conflit ? Je pèse, je soupèse, j'ajoute, je retranche, enfin je tranche. Je suis la voix de l'équité : qui m'aime ou ne m'aime pas suive mes ordres !

LE MÉDECIN. Un bobo ? Trop bu ? Mal en bas ? C'est pour bibi ! J'écoute, j'observe, je parle, je tâte, je parle, je parle… et hop, comme si de rien n'était, je plante. Une intraveineuse pour Madame, une sous-cutanée pour Monsieur : rassurez-vous, je change d'aiguille !

LE JUGE. J'enjoins !

LE MÉDECIN. J'injecte !

Chacun son métier… aussi conviendra-t-on que l'un ne peut enjoindre ce que l'autre injecte, et inversement. Par exemple, on ne confondra pas, d'un côté, une décision de justice permettant de régler rapidement et gratuitement – sans convocation au tribunal – les petits litiges nés d'un contrat, en exigeant de l'adversaire qu'il exécute ses obligations dans un délai déterminé, sous peine de s'exposer à des poursuites ; et, de l'autre, une préparation à base de fer injectable par voie intraveineuse utilisée en cas d'anémie ferriprive, qui touche des millions de femmes dans le monde… Une *injonction* de faire n'est pas une… *injection* de fer !

Il arrive toutefois que juge et médecin décident conjointement. Ainsi le premier donne-t-il, sur base de l'expertise du second, *injonction* de soins – aux auteurs d'actes de délinquance sexuelle, par exemple – ou encore *injonction* thérapeutique – à des enfants souffrant de troubles psychiatriques, par exemple. Dans ces situations, magistrat et docteur parlent d'une seule voix. Rien d'étonnant : malgré leurs spécificités, ils ont plus d'une *injonction* en commun… Pensons aux documents qu'ils délivrent : judiciaires ou médicales, ce sont toujours des « ordonnances » !

Même l'étymologie rapproche les toges noires et les blouses blanches dans leurs pratiques. L'*injonction* est un ordre, l'*injection* un jet : s'il y a un lien, ce serait dans une certaine métaphore de l'éruption… *Injonction* est un emprunt savant à une forme dérivée du verbe *injungere*, « imposer », formé sur *jungere* (lui-même issu du nom *jugum*, « joug » !) signifiant originellement « atteler au joug, réunir pour assujettir », puis « assembler, joindre » ; *injection* est dérivé du verbe *jacere*, « lancer, jeter ». *Injonction* et *injection* ne sont pas si étrangers l'un à l'autre : joindre, n'est-ce pas jeter… des ponts ?

La fable ne serait pas complète sans l'intrusion d'une tierce personne. Pour joindre… les deux bouts, rien de tel qu'un bon gestionnaire ! Juge, médecin et capitaliste conservent chacun leur champ d'action :

LE JUGE. Les couacs !

LE MÉDECIN. Les cracs !

LE CAPITALISTE. Les krachs…

Mais les frontières sont perméables : l'argent concerne tout le monde. Le capitaliste, bien sûr, pour qui les *injections* de capitaux deviennent… monnaie courante ! Très en vogue pour sauver nos banques en ces temps de difficile conjoncture (et non conjecture…), ce mécanisme est toujours largement commenté par nos langues fourchues qui ne ratent pas une occasion d'écorcher son nom – mais on ne dira jamais assez qu'une *injection* de capital salutaire (ou salvatrice ?) découle d'une *injonction*… capitale ! Le juge, ensuite, qui peut donner *injonction* de payer à un débiteur afin que son créancier puisse recouvrer (et non recouvrir…)

– rapidement et avec des formalités réduites – une somme due. Quant au médecin, enfin, ne réalise-t-il pas ses *injections* « en liquide » ?

Hors des tribunaux, des blocs opératoires et des places boursières, *injonction* et *injection* ont aussi une vie « normale ». Dans l'usage quotidien, une *injonction* est un ordre donné de façon expresse (et pas forcément express), tandis qu'une *injection* est… euh… l'action d'injecter (on dirait une définition du *Larousse* !).

Sens courant. Mais nous connaissons tous aussi un sens… roulant ! Ne mélangez pas : vous roulez avec un moteur à *injection*, mais vous devez obtempérer aux *injonctions* de l'agent – même si vous préféreriez bénéficier d'une… *injection* d'argent.

intention, attention

Tribunal du Goût des mots

Ordonnance
du quinze septembre deux mil neuf

L'Éditeur,
Le Directeur de collection,
L'Auteur,

Attendu qu'*attention* et *intention* interviennent dans des expressions similaires, sous les formes « à l'attention de qqn » et « à l'intention de qqn », toutes deux utilisées pour introduire le destinataire de quelque chose,

Qu'ils se disputent plus particulièrement l'exclusivité de pouvoir s'adresser au destinataire d'une lettre indiqué en tête de celle-ci,

Que les hésitations causées par ce conflit suscitent systématiquement de palpitants débats entre collègues de bureau, les uns faisant appel au « bon sens », les autres arguant qu'ils ont « toujours écrit comme ça » (et qu'on ne leur a jamais rien dit), d'autres encore que « le principal c'est qu'on comprenne » ou encore que « Mais est-ce qu'on ne peut pas dire les deux ? »,

Attendu qu'*attention* et *intention* partagent leur origine dans le verbe latin *tendere*, « tendre »,

Que cette base étymologique commune n'a pas empêché des développements sémantiques distincts, et ce déjà dans la langue originelle, *attentio* (de *attendere*) signifiant « action de tendre son esprit vers » et *intentio* (de *intendere*) « action de tendre vers un but », séparant d'un côté l'application, la concentration, et de l'autre la volonté, l'idée… derrière la tête – et rappelant par là que, pour les Romains, attendre, « porter attention à », était une occupation plus intense et moins absurde que patienter en feuilletant un vieux G*ala* avant de se faire ausculter (« attendu que », c'est-à-dire « considérant que », a aussi conservé la valeur latine),

Que ces acceptions sont passées en français où par ailleurs elles se sont étendues, notamment par métonymie, l'*attention* devenant le soin, la prévenance (« Quelle délicate attention ! »), l'*intention* le but, le dessein (« J'ai agi dans l'intention de plaire »),

Attendu qu'en toutes circonstances étrangères à la désignation d'un destinataire, *attention* et *intention*, riches d'un sémantisme à géométrie variable, respectent leurs prérogatives respectives et, malgré leurs ressemblances physiques, n'engendrent pas de confusions, l'idée de prendre l'un pour l'autre ne venant à personne, même dans les phrases les plus piégeuses ou les plus retorses,

Attendu, par exemple,

Qu'on peut demander une seconde d'*attention* pour ensuite faire part de ses *intentions* pendant de longues minutes,

Qu'en opération, les chirurgiens redoublent d'*attention*, même pour réunir une plaie par première *intention* (c'est-à-dire pour la cicatriser par le seul rapprochement de ses lèvres),

Que les DRH affirment toujours avoir examiné votre candidature avec une *attention* particulière, pour vous dire aussitôt ne pas avoir l'*intention* d'y donner une suite favorable,

Que si l'enfer est pavé de bonnes *intentions*, le paradis doit l'être de toutes sortes d'*attentions* agréables,

Qu'une *attention* palpable gagne l'assemblée réunie dans une église au moment de la lecture des *intentions* (… de prière, c'est-à-dire ses objectifs visant une cause particulière),

Que la direction d'*intention* consiste à détourner l'*attention* vers les motivations, louables, d'un acte condamnable, en justifiant celui-ci par celles-là,

Que l'*attention* est tantôt distraite tantôt soutenue, de même que l'*intention* est tantôt vague tantôt ferme,

Qu'il n'y a pas grande différence entre un artiste et un homme politique si le premier est intentionniste et le second attentiste, autrement dit si l'un est plus velléitaire que talentueux et l'autre plus opportuniste qu'initiateur,

Que des blessures ayant entraîné la mort sans *intention* de la donner peuvent être causées par un simple manque d'*attention*,

Qu'on n'hésite pas à vous crier « Attention ! », tandis qu'on doit toujours deviner les *intentions* des autres dans leur silence,

Qu'un air grave peut être le signe d'une grande *attention* aussi bien qu'il peut trahir de mauvaises *intentions*,

Qu'on peut très bien se montrer attentionné tout en étant mal intentionné,

Qu'on peut faire montre de mille *attentions* envers quelqu'un tandis qu'une seule mauvaise *intention* suffit à détruire une relation,

Qu'un inculpé écouté avec *attention* a moins de risque de subir un procès d'*intention*,

Que la Justice examine avec *attention* les motivations d'un délit afin de déterminer si celui-ci résulte d'une *intention* et non d'une négligence et d'une imprudence par exemple,

Que faute d'*attention*, on commet sans *intention* des fautes d'inattention,

Qu'il n'y a pas d'*attention* sans *intention*, affirmation aussitôt réfutée par les psychologues qui distinguent l'« attention volontaire » et l'« attention spontanée », l'une étant un effort, l'autre un réflexe, la première allant de l'esprit à l'objet (« Je vous accorde toute mon attention »), la seconde de l'objet à l'esprit (« Son irruption inattendue a captivé notre attention »),

Que l'on prête *attention* ou des *intentions* à quelqu'un,

Qu'on n'a pas l'*intention* de se laisser marcher sur les pieds et qu'on doit toujours faire *attention* à la marche,

Qu'entre une mauvaise cuisinière et une empoisonneuse, il y a *aussi* une différence d'*attention* si la seconde prépare sa mixture plus minutieusement que la première n'en surveille la cuisson,

Qu'on peut jouer l'*attention* auprès d'un adversaire pour déjouer ses *intentions*,

Que si l'on est plein d'*attentions*, on est empli de bonnes *intentions*,

Qu'un acteur doit faire *attention* à mettre suffisamment d'*intention* dans son jeu,

Que si l'on a des *intentions* sur quelqu'un, il faut le combler d'*attentions* (qui sait, cela se terminera peut-être par une déclaration d'*intention* ?),

Qu'un chaland dont l'*attention* est attirée est un « prospect » ayant de possibles *intentions* d'achat (il paraît que les rois de la com', persuadés d'avoir découvert quelque chose, en ont fait une méthode nommée AIDA, « Attention Intérêt Désir Achat »),

Que le manque d'*intentions* n'est pas une maladie alors qu'on peut souffrir de troubles déficitaires d'*attention*/hyperactivité,

Qu'on accorde la plus extrême *attention* aux dernières *intentions* d'un homme,

Attendu qu'*attention* et *intention* se ressemblent par le corps et se distinguent par l'esprit,

Qu'il ne saurait en être autrement pour les expressions mises en cause au début de la présente ordonnance, à savoir « à l'attention de qqn » et « à l'intention de qqn »,

Que, *stricto sensu* et grammaticalement, dans ces formulations, *intention* participe à l'introduction d'un destinataire (une fête à l'*intention* d'Alfred, c'est une fête pour Alfred, et non pas pour « son intention »), tandis qu'*attention* est déjà en soi le destinataire (un courrier à l'*attention* de M. Deloris, c'est un courrier moins destiné à M. Deloris qu'à son… *attention* : autant dire que si M. Deloris le lit distraitement, ce courrier n'aura pas atteint son destinataire !).

Que, dans l'absolu, rien n'empêche d'indiquer en haut d'une lettre ou sur l'enveloppe « À l'intention de M. Untel », mais que, dans l'usage, tout l'interdit, à commencer par la redondance de la formule (la mention « M. Untel » étant suffisante pour savoir à qui l'envoi est réservé),

Qu'en revanche, si *intention* est ici superflu, *attention* est un ajout conseillé et… paradoxal : il réclame la concentration de l'interlocuteur, mais c'est pour lui donner de l'importance – la contrainte prend l'apparence de la politesse,

Qu'en outre l'expression « À l'attention de », en précisant sur l'enveloppe le nom du contact, diminue les risques d'égarement du pli dans les arcanes de la société où il arrive, prévient le destinataire contre toute tentative d'esquive (du genre « Je n'ai jamais reçu votre lettre, mon collaborateur a dû oublier de me la transmettre ») et protège le message des yeux indiscrets (l'indication « À l'attention personnelle de » renforce encore la confidentialité),

Que si l'on use rarement de la formule dans la correspondance privée, on ne peut donc s'en passer pour les courriers envoyés à une entreprise, à une administration, ou à tout autre groupe, la mention permettant de désigner au sein de celui-ci la personne (ou le service) à qui l'on s'adresse, soit nommément, soit – si on ignore son nom – par sa fonction (par exemple, « À l'attention du responsable de la fabrication »),

Que, bien qu'*attention* puisse signifier « soin », on ne doit pas confondre « À l'attention de » avec « Aux bons soins de », ce tour servant à charger quelqu'un de transmettre la lettre à son destinataire,

Qu'*intention* étant exclu des joyeusetés administratives et des avis en tous genres (« À l'attention de la population »), il occupe largement les autres terrains, célébrant des messes à l'*intention* des victimes, organisant des soirées à l'*intention* de ses amis, écrivant des livres à l'*intention* des amoureux de la langue française, distribuant des plaquettes d'information à l'*intention* des pharmaciens, animant des séances d'orientation à l'*intention* des ados, publiant des guides à l'*intention* des professeurs, etc.,

Que, laissant libre cours à sa générosité, *intention* agit toujours en l'honneur de quelqu'un, pour son plaisir, ou dans le but que cela lui soit agréable, profitable, bénéfique, que cela lui serve ou qu'il en prenne bonne note (« Je dis ça à ton intention »),

Que, passés maîtres ès paronymes, on adresse une lettre à l'*attention* de quelqu'un mais à son *intention* le paquet qui l'accompagne,

PAR CES MOTIFS

Vu l'urgence, tous droits et moyens des parties réservés,

STATUANT PUBLIQUEMENT EN PREMIER RESSORT PAR DÉCISION CONTRADICTOIRE

NOUS, Éditeur, Directeur de collection, Auteur, DÉCLARONS *attention* et *intention* unis, à travers les expressions « à l'attention de qqn » et « à l'intention de qqn » à l'exclusion de toutes leurs autres occurrences, par les liens indéfectibles de paronymie.

Ainsi jugé et prononcé.

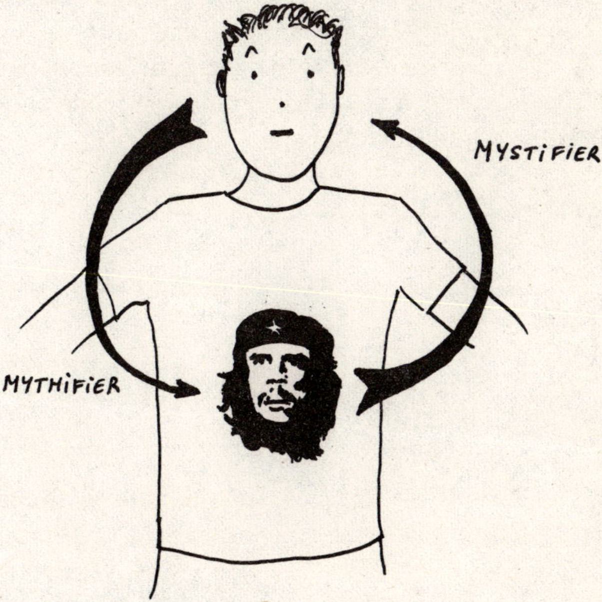
MYSTIFIER
MYTHIFIER

mystifier, mythifier

Il était une fois deux mots qui se ressemblaient comme deux gouttes d'eau… L'un était toujours à son S, l'autre fumait sans arrêt son H. Outre cette apparence débonnaire, ils partageaient une passion : raconter des histoires.

Mais ils n'excellaient pas dans le même registre. *Mystifier* appréciait les mystères. *Mythifier* préférait les mythes… Et c'était là la seule manière de distinguer ces deux Grecs : l'un né de *μυστης*, « initié aux… mystères », l'autre de *μυθος*, « parole, fable ».

Mystifier menait son public en bateau, tantôt par simple plaisir, tantôt pour se tirer d'affaire : un jour il s'amusait aux dépens de ses spectateurs en leur faisant avaler n'importe quoi, le lendemain il parvenait à embellir une réalité difficile pour regagner la confiance de son auditoire aveuglé.

Mythifier enrobait le monde de superlatifs et de majuscules, statufiant à tout-va, transformant le particulier en universel, l'ordinaire en extraordinaire, lui donnant une dimension « mythique », ne parlant plus de lui que par allégories, et finissant par croire lui-même à sa « mythologie ».

Mythifier glorifiait ; *mystifier* manipulait.

Mythifier se racontait des histoires ; *mystifier* « en » racontait.

NOTABLE
20 H
NOTOIRE

notable, notoire

Notoria epistola

Notable, *notoire* : faut-il encore les présenter ? Tout le monde les connaît ! Pourtant, ils gagneraient à être… mieux connus, donc je vous les présente quand même !

Je ne sais pas vous, mais moi je ne les sens pas, ces m'as-tu-vu… En plus, *notable* ou *notoire*, c'est du pareil au même ! Non mais, regardez-les, l'air qu'ils se donnent, toujours bien propres sur eux, prêts à vous serrer franchement la main (on se demande bien de quel droit, d'ailleurs : nous on les connaît, forcément, mais eux ?) avec leur grand sourire promotionnel ou préélectoral qu'ils affichent dès qu'ils sortent de leur propriété (privée), de leur maison (de maître), de leur hôtel (de ville, souvent) ou de leur tour (d'ivoire, toujours)…

Ne soyons pas de mauvaise foi… Si on les fourre tous les deux dans le même dictionnaire (des noms communs qui se croient propres), c'est parce qu'on a tendance à ne pas les différencier… et donc à les confondre ! Pourtant, « un bouquin n'est pas un livre » comme dirait l'autre : *so, notoire or notable, that is the question…*

Alors, apprenons à les connaître… *Notoire* est emprunté au latin des juristes *notorius*, employé dans la formulation *notoria epistola* désignant une lettre d'avis (autrement dit une lettre « qui fait connaître ») et dérivé du verbe *noscere* signifiant… « apprendre à connaître » !

Notable, quant à lui, est emprunté à *notabilis*, littéralement « digne d'être noté », issu du verbe *notare* signifiant « faire une marque », lui-même dérivé (par l'intermédiaire de *nota*, « signe ») de… *noscere* !

Nous cherchions à distinguer deux mots : nous leur trouvons une origine commune… Néanmoins, ils ont évolué aussitôt vers des sens bel et bien différents. *Notoire* ? Connu de tous, manifeste, évident. *Notable* ? Remarquable, considérable, appréciable. Entre « ce qui est à la connaissance publique » et « ce qui mérite d'être signalé », la nuance est… *notable* !

Somme toute, le dilemme lexical entre *notable* et *notoire* revient à devoir choisir entre deux « qualités » que l'esprit populaire perçoit comme formant un tout insécable : l'importance et la célébrité. Mais il faut « apprendre à connaître », à dépasser nos préjugés : ce qui est sérieux n'est pas forcément illustre, et ce qui est illustre… En outre, c'est classique : les « choses » qui, en plus d'être *notables*, sont *notoires* nous paraissent suspectes et celles qui, *notoires*, ne sont pas *notables* nous débectent – celles-ci infestent notre quotidien… Alors, par instinct ou par orgueil (ou plutôt les deux), nous ne sommes capables d'apprécier vraiment que ce qui, potentiellement appréciable par tous, n'est encore connu que de nous seuls !

Après… *notoire* enlève la saveur de *notable* en lui volant la… vedette ! Toutefois, nous devons revoir nos premières impressions… Nous ne sommes ni face à un marginal hautain qui se gonfle d'importance d'autant plus que son cercle d'admirateurs est restreint, ni face à une star de pacotille extravagante qui mesure son ego au nombre de paillettes qui la nimbent : *notable* et *notoire* sont des gentlemans et, à présent que nous apprenons à mieux les connaître, leur nom suscite le respect.

Qu'on en juge encore, non par leur casier judiciaire, mais par leur CV juridique ! Issu du latin des juristes (cette *notoria epistola* est là pour que vous vous en souveniez !), *notoire* a pour première acception : « rigoureusement constaté ». La constatation de l'insolvabilité *notoire* d'un débiteur, un litige entre personnes vivant en concubinage *notoire*… : le lot quotidien des magistrats… dont les actes publics commençaient autrefois par la formule « Qu'il soit notoire à tous que… ». *Notoire* est tellement pris au sérieux qu'il peut constituer une preuve à lui seul : il suffit qu'un fait soit « connu de tous » pour qu'il soit « rigoureusement constaté » par le tribunal… La preuve ?

Faute de testament par exemple, des témoins peuvent faire dresser par un juge un « acte de notoriété » par lequel ils attestent l'existence de la qualité d'héritiers du défunt chez telles et telles personnes.

Quant à *notable*, les hommes de loi prirent très tôt l'habitude de l'invoquer, *via* des « arrêts notables », ainsi nommés parce qu'ils fixaient un point de jurisprudence. *Notable* fut si bien considéré que, à peine emprunté au latin, il fut substantivé : non content d'être seulement un adjectif, il devint un nom désignant une personne éminente. Sous l'Ancien Régime plus particulièrement, les *notables* étaient les membres les plus importants de la noblesse, du clergé et de la magistrature, que le roi consultait dans certains cas.

Cette fois, *notoire* et *notable* nous clouent le bec : tant de responsabilité, tant de gravité… Elle est loin l'apparence superficielle que nous leur associions !

Tout n'est pourtant pas louable dans leur chef, surtout dans celui de *notoire*… Si la notoriété – mot qui semble concilier l'importance et la célébrité – équivaut souvent à la renommée d'un homme dans sa spécialité (médecin, philosophe, musicien…), paradoxalement *notoire* est la plupart du temps accolé à des noms peu recommandables. Un criminel, un antisémite, un alcoolique, un cancre, un imbécile, une crapule, ou encore une incompétence, une inconduite, une

incapacité… : tous sont si *notoires* qu'il n
drait pas davantage pour les condamne

Quant à *notable*, si l'adjectif est souven
comme label de qualité (des progrès *no*
contribution *notable*, un compositeur
et si le substantif désigne encore le
d'un rang social prééminent (et au
minent), jouissant d'une certaine
les affaires publiques d'une ville
vince, il n'est pas rare de l'enten
d'un préjudice, d'une perte, d'u
d'une restriction… Surtout, il
noter qu'existait autrefois l'ad
signifiait « notable », mais ave
négative : notés étaient les ind
faute éclatante valait une ma
Aujourd'hui, on peut aussi b
est mal noté ou qu'il est bien
à évaluer le travail d'un er

Notable, *notoire*. Finale
gagnent, à être mieux co
y avez gagné un avant
confondrez plus !

Notable, « importan
C'est noté ?

original, originel, originaire

Il est l'horiri, mon Seignoriri… il est l'horiri de se réveiller…

L'ancêtre de nos trois lascars n'est autre que le verbe latin *oriri*, signifiant « se lever » : rien à voir avec l'or donc, si ce n'est que le précieux métal put servir à tirer certains maîtres de leur lit ! *Oriri* s'employait moins pour ces messieurs en bonnet que pour le… soleil. Dans son écriture même, le mot – horizon ronronnant où point un O lumineux – semble célébrer l'astre naissant : par extension, il signifiait d'ailleurs « s'élancer hors de », « sourdre », « naître ».

Avec de telles acceptions, *oriri* eût contrarié sa nature en n'étant pas fécond ! Ainsi vit-il toujours à travers l'Orient, région du soleil levant, mais aussi à travers la grande famille lexicale du mot… *origine* (de *origo*, *originis*, « source »). Est-ce pour autant que la distinction entre nos paronymes coule de… source ?

Si l'on assimile quelquefois *originel* à *originaire*, il semble qu'*original* soit rarement pris pour l'un de ces deux-là (de même pour les adverbes : *originellement*, *originairement* et *originalement*). Les uns, synonymes au sens de « primitif, initial » (« Ce temple est conservé dans son état originaire », « Je suis revenu à ma vocation originelle »), renvoient explicitement à l'origine ; l'autre, à une idée d'unicité, de hors norme, d'inconnu (« Ce bouquin est super original ! »). *Originel*, *originaire* : le retour à la source nous titille, d'évidence (y compris lorsqu'*originaire* se distingue de son acolyte et évoque une provenance : « D'où es-tu originaire ? »). *Original* : on ne perçoit que le côté excentrique, on n'entend même plus le mot – vous avez dit *origine* ?

Bref, ne faudrait-il pas beaucoup de maladresse ou d'ignorance pour mélanger les adjectifs ? Rien n'est moins soriri…

Si *original* est né de la cuisse d'*oriri*, il faut bien qu'il ait gardé un rapport sémantique avec lui, sans quoi il aurait littéralement perdu son latin ! Vous ne voyez pas ? Allons bon, pensez à ce que vous avez regardé à la télé pas plus tard qu'hier soir : un bon film en… V.O. ! Eh oui, rien de tel que la version *originale* (sous-titrée, faut pas exagérer), le timbre des voix *originales* (quelle surprise, cet acteur dont on ne connaissait que la doublure…), le charme de la langue *originale*… Ah ! les consonnes rudes entrechoquées d'une bouche allemande un brin érotique, l'envolée musicale des voyelles italiennes nuancées en *piano forte*, le débit des syllabes saccadées d'une épopée fantastique dans le désert mongol…

Quelques clichés qui pourtant font un bien fou, respirent la couleur locale, le pays, la source : l'*originel* ou l'*original* – deux termes, quasi synonymes, au plus près de l'origine.

En effet, *original* et *originel* sont tous deux… *originaires* du latin *originalis* ! Cet adjectif, signifiant « qui existe dès l'origine », est dérivé du nom *origo* (déjà cité), lui-même formé à partir d'*oriri*. Leur apparition en français (par emprunts) remonte au XIIIe siècle, mais, loi de la nature oblige, il fallut bien qu'un jumeau précédât l'autre à l'accouchement : ce fut *original*. Pas de bol, il dut se coltiner (et non se colleter…) tous les vices de la condition humaine, à commencer par la faute qu'Adam et Ève firent peser sur chacun d'entre nous en se détournant du Créateur, croquant le fruit de l'arbre de la connaissance du Bien et du Mal : avant d'être *originel*, le célèbre péché fut… *original* ! *Originel* ne prit le relais que plusieurs décennies après son frangin et développa autour de lui un impressionnant champ lexical biblique : de l'unité, l'innocence, la justice, la grâce, la liberté, la grandeur jusqu'à la chute, le chaos, l'abîme, le péché, *originel* récite le vocabulaire du parfait catéchiste !

Aujourd'hui, indépendamment de toute religion, *originel* conserve un parfum de Création. Que l'on évoque des croyances *originelles*, un pays *originel*, un nom *originel*, le thème de l'*originel* dans une œuvre littéraire… autour du mot flotte un mystère contrasté, une vision mêlant des éléments paradisiaques dans un chaudron infernal. Quant à *originaire*, guère plus rassurant, il provoque les mêmes sentiments en y ajoutant l'idée d'être « à l'origine » des choses. Une tare, un vice *originaires*. « La cause originaire de tous les êtres » (Voltaire). *Originaire* « génère »…

Alors… percevez-vous toujours aussi facilement la différence entre *originel* et *original* ? C'est que, engoncé dans nos premières certitudes (« Fastoche ! *Originel*, ça vient du début ; *original*, c'est juste curieux ! »), on aurait pu sans scrupules laisser en plan les autres sens d'*original* et ne pas se rappeler que les deux mots – et non un seul – signifient « qui vient de l'origine » (ou simplement « d'origine »). Et pourtant, si, dans le domaine religieux, *originel* s'est définitivement substitué à *original*, ce dernier n'en a pas moins étendu son usage dans le grand public – d'ailleurs bien davantage qu'*originel* : est-ce un hasard si l'on parle de texte *original* tandis qu'*originel* doit se contenter du… contexte (dans lequel on finit toujours par replacer « les choses ») ? Son succès fut tel qu'*original*, né adjectif, fut quasi aussitôt naturalisé substantif, s'amusant parfois à faire de sa double nature deux possibilités d'expression : « Voici l'original » est plus pratique que « Voici le document original », « Je possède l'originale de *La recherche* » est encore plus snob que « Je possède l'édition originale de *À la recherche du temps perdu* », et « Je préfère Joyce dans l'original » encore plus pédant que « Je préfère Joyce dans le texte original »…

Quel que soit le mode de langage, qui dit *original* dit… copies ! Donc risques de déformation : mieux vaut tenir une information « d'original », de source directe, plutôt que par un bouche à oreille générateur de rumeurs infondées. Ou encore, dangers de falsification : plutôt qu'une quelconque reproduction, on peut exiger de nos documents officiels (diplômes, actes divers…) une « copie certifiée conforme à l'original » par un cachet ou un timbre de l'administration : un duplicata, une sorte de « copie originale »…

Et qui dit *originel* dit… ? Successeurs ! On ne rappelle le sens *originel* (jamais très loin du sens littéral ou du sens étymologique) d'un mot que lorsqu'il a été supplanté dans l'usage par d'autres sens qui, sans l'imiter à proprement parler mais plutôt en l'étendant par métaphores, se sont imposés à nous au fil de l'Histoire. Par exemple, avant d'être politique, sociale ou culturelle, la révolution, « au sens fort du terme », est une notion bien connue d'astronomie…

… qui par ailleurs me permet de boucler la boucle et de revenir à notre lever de soleil initial (un peu tordu, mais j'y suis arrivé !)… *Oriri*, se lever ! Pour beaucoup, c'est chaque matin un effort surhumain. Mais se lever le premier ! Voilà un autre concept, qui a sa vertu, son plaisir. *Original* et *originel* partagent cette aptitude : ils sont toujours les premiers. Mais ceux qui emboîtent leurs pas sont, de l'un, les suiveurs, de l'autre, les suivants ! Là où *original* provoque les reproductions plus ou moins réussies, *originel* ne vaut que par lui-même. L'un défend sa primauté, l'autre son ancienneté : l'un est le maître imité par ses disciples, l'autre le doyen dont il faut régulièrement évoquer le souvenir. *Original* suggère l'existence de reproductions postérieures ou parallèles, quelle que soit la temporalité des faits ; *originel* marque seulement l'idée de quelque chose de très éloigné dans le passé, voire de reculé jusque dans des temps immémoriaux – c'est en cela qu'*originel* et *originaire* sont synonymes : ils datent les éléments qu'ils qualifient. *Original* est premier de classe ; *originel*, premier de cordée. On copie l'un, on suit l'autre.

Original et *originel* ne sont donc pas « premiers » de la même façon. Rapport aux autres ; rapport au temps. Mais comme les premiers aiment souvent l'être en tout, on rencontre çà et là quelques velléités de cumul… Ainsi apprend-on que « Google News a intégré l'originellité d'une info », ce qui permet de savoir quel est le premier site à avoir publié celle-ci : le premier au chrono l'est donc aussi à la comparaison. Ainsi encore l'édition *originale* d'un roman est-elle la première aussi bien chronologiquement qu'intellectuellement, par rapport aux contrefaçons, très courantes jusqu'à un passé récent (de ce point de vue, l'édition *originale* est la seule attribuable à l'auteur). On parle aussi de l'édition princeps, du latin *primus*, « premier », et *capere*, « prendre », étymologie partagée par *principal* : les premiers auraient-ils une propension à se croire importants ? C'est en tout cas, en droit, le sens de la demande *originaire* : la demande principale, introduite par le demandeur *originaire*, qui a commencé le procès.

Autre travers des premiers : au lieu de se contenter d'en tirer une fierté personnelle, ils veulent en outre servir d'exemples ! Aux XVIe et XVIIe siècles, *original* se donna en « modèle » aux artistes qui tous embrassèrent la nouvelle doctrine de l'art, au cœur de l'époque classique : l'imitation de la nature. Avec cette conception où les œuvres furent reléguées au rang de simples (bien que grandioses) copies du réel, *original* put jouer l'ambiguïté.

Par exemple, dans une désignation comme « L'original de la *Joconde* » : de qui ou de quoi parle-t-on ? Du tableau conservé au Louvre ou de Monna Lisa en personne (« en propre original », pour reprendre une formule ancienne) ? L'un est l'*original* par rapport aux nombreuses reproductions qu'il continue de susciter, des copies hyperréalistes des peintres du dimanche jusqu'aux posters, t-shirts, puzzles et autres porte-clefs qui font le business des boutiques à souvenirs et à touristes… L'autre est l'*original*, le modèle vivant, dont le peintre tenta de transcrire la beauté sur une « copie » artistique – qui vaut tout de même une fortune !

Certains « essais » furent si exceptionnels qu'on y porta plus d'intérêt qu'aux *originaux* mêmes, ce qui inspira ces vers à Corneille : « Dans cette vivante peinture, / L'art le dispute à la nature, / La copie à l'original. » Et si cet *original* n'était encore qu'une consolation ? Quel serait l'*original... originel* ? La belle Monna, par exemple, ne fut-elle pas elle-même qu'une sorte d'émanation imparfaite d'un modèle idéal, d'un archétype fantasmé ? Comme l'écrivit Pascal, « chacun a l'original de sa beauté, dont il cherche la copie dans le grand monde »... Sans fin, les *originaux* engendrent les copies ; il n'y eut guère que Pygmalion pour transformer une copie en *original* !

Quant à *originel*... il n'est pas en reste : c'est plus finement qu'il fait figure de mentor. Par exemple, dans un discours, « renvoyer à l'acception originelle » d'un mot fait toujours son effet, impressionne l'auditoire : les ancêtres forcent le respect – honni soit qui mal y pense !

À présent qu'*original* nous a livré la nature de ses liens avec *originel*, s'il nous parlait... d'originalité ? Bah oui, c'est quand même ce qu'on attend depuis le début : qu'est-ce que l'originalité a à voir avec les... origines ? Justement... il y a quelques siècles, elle avait le sens de « lignage, extraction » : un individu admiré pour son originalité l'était moins pour son caractère que pour son héritage !

Mais, de nos jours, ce qui est « super original » ne peut être « super d'origine »... Qui dit *original* dit premier (de classe). Et qui dit premier dit… nouveau ! Est *original* ce qui ne « ressemble » à rien de connu, ce qui « paraît » se produire pour la première fois, ce qu'on ne peut *a priori* lier à rien de déjà vu. *Originel* renvoie à une origine reculée, voire oubliée ; *original* inaugure une nouvelle origine – ce qui est qualifié d'*originel* aujourd'hui a donc dû être *original* autrefois. Cette « nouvelle origine » est parfois assortie d'une clause d'exclusivité : la bande *originale* d'un film, un scénario *original*, des pièces *originales* pour clavecin… tous furent créés dans un cadre spécifique, « pour les besoins de la cause ».

Que courtise *original* ? Une idée, une pensée, une œuvre, une mise en pages, une méthode, une réponse, un style, un musicien, un tempérament… Autant de possibilités pour chacun de se différencier ! *Original* hait la norme… sans être anormal pour autant, il fuit les autres et se retrouve seul avec lui-même, ce qui fit dire à Léautaud, qui assumait son choix : « Être original, c'est être soi. » En effet, on ne voit rien en *original* qui ait pu lui préexister puisqu'il n'imite personne et ne croit qu'en lui : c'est du moins la façade qu'il impose, car il est plus probable qu'un individu ne nous semble *original* que lorsque nous sommes incapables de percer clairement l'influence des autres, de la société et de l'éducation sur lui. L'originalité serait alors plutôt l'art de… copier le meilleur d'autrui en rendant la manœuvre opaque !

Les plus habiles parviennent à être doublement *originaux* : prendre l'apparence de l'inédit et être érigés en modèles. Les Anciens sont les vrais *originaux* à étudier, nous dit-on : prétendument sortis de nulle part, il faudrait en outre qu'ils dirigent nos esprits !

On peut d'ailleurs aisément démontrer que cette inventivité, cette créativité, cette innovation reçues et approuvées par tous se fondent sur un leurre dont personne n'est vraiment dupe. Originalité ? Une audace tolérée, un simulacre de rupture : on feint de n'avoir jamais vu « ça », mais « ça » reste dans une continuité à peine voilée – on parlait de lignage…

À l'inverse, revenons à votre idée *originelle*, si si, celle qui vous a traversé dès les prémices de ce texte : *original* rime avec… marginal ! Le mot marque alors une nouvelle origine… qui ne rencontre que la peur, l'hostilité ou le mépris de l'opinion publique. Quiconque est en avance sur son temps, en trop grand décalage avec ses contemporains, est étiqueté *original*. Cette fois, on a affaire à un vrai *original* (un « drôle » : prononcez « dr*au*le » ou « drole », selon votre région) : il est si bizarre qu'il semble échapper totalement au système, c'est un « original sans copie » ! Nouveau, trop nouveau…

De l'admiration à la répulsion, *original* nous balade d'une originalité à l'autre, quand il n'opte pas pour un commentaire poli qui laisse le choix de l'interprétation – « Original, ton texte » : *print* ou *delete* ?

Et voilà.

« Une minute, s'il vous plaît ! »

Ah oui, on allait l'oublier celle-là : la « minute », du nom de… l'*original* des actes notariés qui demeure chez le notaire (on appelle aussi « minutes », les jugements conservés au greffe) ! La minute est donc unique ; ses copies (certes *originales*) adressées aux intéressés portent le nom d'expéditions ou de… grosses, qualifiant ainsi la taille de leurs lettres, par opposition à la minute (du latin *minuta*, « écriture menue ») que les juristes, exercés aux jambages des petits caractères, semblent seuls capables de déchiffrer… L'acte *original*, précieusement gardé par le notaire, vaut moins par son côté « premier » que par son unicité. Le premier s'oppose aux suivants, comme l'unique au multiple. Les grosses d'un contrat ne sont que les reproductions d'une minute authentique – peut-on y déceler un lien avec ces expressions du langage courant : « la minute est solennelle » et « c'est une grossière copie » ?

Authenticité ! Le mot est lâché. Il n'en fallait pas plus pour que les génies du marketing rythment nos journées à grand renfort d'« original ». Les Kellogg's de notre petit déjeuner auraient-ils la même saveur sans une lecture parallèle de la boîte cartonnée où s'affiche, entre le tableau des apports journaliers d'un bol de 30 grammes et les bons plans « Belle dans votre bikini en 2 semaines », la phrase : « Depuis 1906. Le goût inimitable de l'original ! » (doublée, sur les boîtes belges, d'une traduction néerlandaise : « *De enige echte, dat proef je direct !* », littéralement « Le seul vrai, que tu reconnais tout de suite ! ») ? L'*original*, le « seul vrai » : un slogan imparable, le couronnement d'une carrière de responsable marketing. De quoi le décliner à l'infini pour tous les produits : la pâte à tartiner (« Spéculoos original »), les compils de CD (« Dalida L'Original »), les boissons (lu dans un menu : « Coca-Cola : original ou light »), ou encore les jeux de société (« Monopoly original »)...

Si *original* vend de l'authentique, pourquoi ne ferait-il pas aussi son commerce avec du « singulier » ? En temps de fêtes (des mères, des pères, de Noël, d'Halloween, des amoureux...), les magasins rivalisent de formules : « Offrez un cadeau original », « Idée cadeau unique et originale »... Le must étant le « cadeau original et personnalisé » (un autre membre de ce florilège de paronymes !). Dans un cadre plus large, quiconque désire se distinguer ou susciter l'admiration se doit d'être *original* : quel artiste, quel chanteur, quel acteur ne s'y sent pas obligé aujourd'hui ?

Toutefois, la course à l'originalité conduit quelquefois au ridicule... au point qu'il n'est plus *original* d'être *original* ! Certains l'ont compris, qui opposent explicitement l'innovation à la tradition, comme dans cette accroche publicitaire : « Le goût originel plutôt qu'original. » Le goût *originel* ? Le goût de l'*original* donc (mais pas le « goût original », qui prêterait à confusion)...

Enfin, le fréquent recours à l'anglais sème une ambiguïté involontaire lorsqu'on sait que l'anglais *original* peut signifier aussi bien « original » qu'« originel » ! « Ambiance Original Collection » (dans un catalogue de peinture) : couleurs authentiques ou intérieurs insolites ? Blancs purs et bleus profonds ou verts caca d'oie et fuchsias aux senteurs de Provence ? Entre *originel* et *original*, le soleil se lève sur deux mondes différents…

PERPÉTRER
11. IX. 2001
11. IX. 2002
11. IX. 2003
11. IX. 2004
11. IX.
PERPÉTUER

perpétrer, perpétuer

– *Perpètre* et *Perpétue* sont dans un bateau. *Perpètre* tombe à l'eau ; qui reste dans le bateau ?

– *Perpétue* !

– *Perpètre* et *Perpétue* sont dans un bateau…

Voilà un cas exemplaire – plus perspicace que la plaisanterie originale – de mouvement perpétuel… De plus, si l'enquête montre que la chute de *Perpètre* – qui, piètre nageur, a coulé comme une pierre – est un crime, il est toutefois perturbant que ce soit *Perpétue* qui le *perpètre*… même si, avec un peu de recul, on peut trouver prévisible que ce soit *Perpé*(qui)*tue* !

Perplexe ? Persévérons : élargissons le périmètre pour percevoir que *perpétuer* a déjà trempé dans plus d'une affaire de meurtre… D'abord : perpète, ça vous parle ? La condamnation à perpétuité ou comment *perpétuer* une peine jusqu'à en périr… Ensuite, combien de commémorations de guerres et de génocides *perpétue*-t-on d'année en année ? Enfin, par exemple, on entend reprocher à certains écrivains qui *perpétuent* le même livre de titre en titre d'assassiner la littérature : on aurait presque envie de préférer leurs pages à ces palabres de presse… perpétuelles !

Loin des projectiles et des perpétuels combats *perpétrés* pour la patrie, *perpétrer* et *perpétuer* se font prêtres, car ils sont en réalité pétris de latines syllabes pratiquantes…

D'une part, *perpétrer*, « commettre (un méfait) », vient de *perpetrare*, signifiant « faire entièrement, accomplir », formé sur le préfixe d'intensité *per* et sur le verbe *patrare* – dérivé de *pater*, désignant le chef familial ou religieux davantage que le géniteur – signifiant « mener à bonne fin, exécuter » : *perpetrare* est peut-être un ancien terme rituel. Personne n'étant parfait, le perfide a délaissé ses prières sur son pupitre pour passer en français avec la connotation péjorative qu'il possède toujours à présent : voilà ainsi huit siècles que le sens de *perpétrer* se… *perpétue* !

D'autre part, *perpétuer*, « rendre permanent, maintenir, reproduire », vient de *perpetuare*, verbe dérivé de l'adjectif *perpetuus*, « continu » (d'où « éternel »). Surtout, c'est à partir de ce même *perpetuus* que le rhéteur Quintilien créa, au premier siècle de notre ère, le mot *perpetualis* afin de traduire le grec… *καθολικος* signifiant « universel » (l'Église catholique étant fondée sur une intention de diffusion universelle). La provenance respectable de *perpétuel* est encore aujourd'hui préservée : présenter ses vœux, participer à l'adoration… – quelques beaux moments d'introspection en perspective !

S'ils partagent plus ou moins l'univers piteux des orties et celui pieux des hosties, *perpétrer* et *perpétuer* se séparent sur un point : le Temps. Si *perpétuer* est un plan, *perpétrer* n'est qu'un point : l'un perdure, l'autre s'évapore… au point qu'il faut prouver promptement sa culpabilité avant que, pleutre, il ne soit protégé par la prescription ! Quant à *perpétuer*, il va pépère, pas à pas, aussi sûrement qu'un pape, ne récupère pas, ne périt jamais, poursuit son parcours paisible… aussi longtemps qu'on le lui permet. Car, en dépit de ses pouvoirs, *perpétuer* a parfois paradoxalement une… date de péremption : de quoi se plaignent les condamnés à perpétuité, c'est-à-dire… à vie ? Leur peine ne prend-elle pas fin, grâce au trépas ? À *perpétuité* ne rend qu'une seule prison éternelle : la concession ! Entre une vie et l'éternité, *perpétuer* a une conception variable du « pour toujours »… Et ne parlons pas de la… pérennité (de *per* et *annus*) : étymologiquement, celle-ci ne dure qu'un an !

Pendant ce temps-là, *Perpètre* pourrit à perpète dans les profondeurs du Pacifique, où une pieuvre s'apprête à l'envelopper ; longue vie à *Perpétue*, qui s'est dépêtré de ce pitre !

PERSONNIFIER

PERSONNALISER

personnaliser, personnifier

Nés de… personne !

Pas surprenant que ces deux-là aient développé de sérieux problèmes d'identité : étalage d'ego par-ci, désir d'incarnation par-là… Héritage génétique ? Atavisme ? Difficile en tout cas d'ignorer que *persona*, en latin, signifiait « masque ». Lourd à porter pour des amateurs de déco et de déguisement ! Justement, si on le levait, ce masque, pour voir ce qu'il dissimule… Peut-être découvrira-t-on deux grands esprits : ne dit-on pas de ceux-ci qu'ils finissent toujours par se rencontrer ?

Nos joyeux drilles sympathisèrent vers la fin du XVIIe siècle, en plein essor de la langue française : *personnifier* avait déjà quelques dizaines d'années quand *personnaliser* vint lui montrer sa frimousse. Ils reconnurent partager un air de famille, ce qui leur servit d'alibi pour faire connaissance : mal leur en prit, ils ne furent pas longs à réaliser qu'ils signifiaient… la même chose, à savoir « prêter les caractéristiques d'un être humain à une abstraction » !

Ils eurent beau se dire que personne n'est irremplaçable, difficile d'accepter que l'on partage ses dossiers avec un collègue alors que l'on se croyait investi d'un rôle unique…

Quelle mouche avait piqué la Direction des Ressources lexicales ? Était-ce là sa manière de faire des économies, avec une telle gestion du… personnel ! Pourquoi deux mots pour une seule acception ? N'est-ce pas le signe que l'idée d'incarner des abstractions était devenue si grande qu'on ne pouvait plus se contenter d'un seul terme pour la désigner ?

On peut au moins se poser la question : pourquoi avoir engagé, coup sur coup, *personnifier* et *personnaliser* à cette époque-là ? Influence de Louis XIV ? Que dire de sa célèbre affirmation « l'État, c'est moi », *personnification*/*personnalisation*… absolue et éclairée ? À moins qu'il ne faille plutôt chercher en marge du classicisme triomphant ? Dans le prolongement de Ronsard et de sa pléiade de potes, les précieux renouèrent avec la littérature médiévale courtoise et, s'inspirant du *Roman de la Rose* et de son défilé d'abstractions vivantes (Tristesse, Félonie, Convoitise, Vieillesse…), se mirent à *personnifier*/*personnaliser* tout ce qui ne bouge pas : amour, beauté, bonté, grâce, générosité… Une kyrielle de belles choses et de bons sentiments qui en eurent bientôt assez de ne prendre l'apparence que d'une seule personne, fût-elle la vedette d'un salon ; pour satisfaire leurs ambitions, Mlle de Scudéry attribua, à chacun, tout un village ! Ainsi put-on explorer les nuances de la galanterie précieuse, du bourg Complaisance au bled Probité, de Nouvelle Amitié à Grand Cœur, en passant par Billet doux ou Sincérité, pour arriver à Tendre-sur-Estime… Ne cherchez pas ces localités dans un atlas – même s'il est vrai que vous y trouveriez le fleuve Amour ou le cap de Bonne-Espérance –, mais sur la « Carte de Tendre » établie par ladite Mademoiselle dans son roman *Clélie*.

Par ailleurs, comment évoquer les précieuses sans penser : « ridicules » ? C'est que Molière, traquant les défauts de ses contemporains, excella à parodier les nombreux tics de langage de toutes ces dames. Exploitant ce registre, il peignit les caractères humains – avarice, hypocrisie, vanité, misanthropie… – en les associant à des personnages : à son tour, il donna vie à des abstractions, il les *personnifia*/*personnalisa* ! La Fontaine (le fabuliste… et non une énième personnification !) en fit de même, dotant vices et vertus de pattes, de poils ou de plumes, ainsi que d'une sacrée maîtrise de la versification !

Ces modes de langage et de pensée justifièrent-elles un double recrutement ? Quoi qu'il en soit, *personnifier* et *personnaliser* prirent acte de leurs affinités physiques et sémantiques. Soit. Mais l'apparence suffit-elle à créer des liens ? Qui se ressemble… ne s'assemble pas forcément ! Sauf que, au fil de leur collaboration, nos jeunes employés découvrirent ce qu'on avait déjà tous remarqué : leur cousinage !

Personnifier doit tout… à *personne* ! En parvenant à s'adjoindre les services du suffixe *-fier* (issu de *-ficare*, du verbe *facere*, « faire »), *personne* fit le grand saut pour goûter à l'action des verbes… et à leur incroyable capacité de transformation (ce qui lui rappela ses origines théâtrales, sa passion du travestissement) : tous ces modes, tous ces temps, alors que les noms doivent se contenter de la seule variante du pluriel !

Quant à *personnaliser*, il fut savamment créé de toute pièce sur… *personnel*, terme emprunté à *personalis* (dérivé de *persona*) signifiant « relatif à la personne ».

Étymologiquement parlant, *personnifier*, ce serait donc « faire une personne » ; *personnaliser*, « lier à une personne ». Deux manières d'incarner une abstraction : soit on en fait une personne, soit on la rapporte à une personne – on pourrait presque dire *personnifaire* et *personnalier*…

Très subtiles nuances qui n'eurent plus de raison d'être à partir de la seconde moitié du XXe siècle : de fait, *personnaliser*, muté par la DRL dans une autre filiale, dut changer de sens et prendre ses distances avec son cousin, mettant fin à une collaboration de près de trois siècles durant lesquels ils avaient présidé aux réceptions de l'hôtel de Rambouillet et autres salons et inspiré aux romantiques de mémorables envolées aussi bien lyriques (ô ! Lamartine, ô ! Musset…) qu'engagées (ah ! Hugo, ah ! Delacroix et sa *Liberté guidant le peuple*…).

Les années 1950 marquèrent en effet la séparation sémantique de *personnifier* et *personnaliser*.

À cette époque, un vent d'ouest souffla sur notre vocabulaire et nos deux mégalos eurent tout à coup des envies de showbiz : ils deviendraient des… personnalités, des stars du marketing moderne et de la publicité !

Comment ? Sous influence : *personnaliser* troqua son acception contre celle de l'anglais *to personalize*, signifiant « rendre personnel », dérivé au XVIIIe siècle de l'adjectif anglais *personal* – lui-même issu de l'ancien français *personal* (du latin *personalis*). Dans la foulée, quelques mots amis et néanmoins collègues suivirent le mouvement. *Personnel*, qui jusque-là n'avait eu qu'une valeur d'opposition à l'idée générale de collectivité, désigna l'originalité d'un individu par rapport à chaque autre individu. *Personnalisation* laissa à *personnification* le monopole d'élévation des noms communs pour s'emparer de celui du ciblage publicitaire des « vraies » personnes, les hommes, victimes et bientôt acteurs d'une nouvelle société fondée à la fois sur la production massive et la consommation individuelle. Quelle meilleure façon de vendre un produit de série que de le présenter à chaque individu, « personnellement » ?

C'est ainsi que l'on se mit à *personnaliser*, à rendre personnel, à lier à UNE personne. Quoi ? D'abord, tout ce qui mène à l'achat : pub, lettres aux clients, accueil… Ensuite, tout ce qui s'achète : produit, service, crédit… De cette époque datent les premiers envois publicitaires *personnalisés*, fréquents aujourd'hui : ah ! ces prospectus qui s'adressent directement à nous, où l'on s'étonne de lire, entre les photos du produit, les slogans et les logos, les caractères de notre nom, comme si, grand luxe, ils avaient été imprimés rien que pour nous (« Bonjour Monsieur Bertrand… Pour vous, Monsieur Bertrand, nous vous proposons une offre unique… Nous comptons spécialement sur vous, Monsieur Bertrand… ») ! Gênant quand le système informatique de publipostage n'est pas au point, comme dans ce courrier du *Reader's Digest* : « Bien sûr, il n'y a aucune obligation de prolonger votre abonnement l'année prochaine, [fill in : Monsieur / Madame Prep + Name], mais l'expérience nous a appris que… »

Après avoir conquis les publicitaires et les producteurs, *personnaliser* séduisit les consommateurs. De cibles du système, ils en devinrent les acteurs, soucieux, avec l'avènement de la production en grandes séries, de rendre leurs biens uniques, d'y poser leur touche… personnelle, bref de les *personnaliser*. Lier, non plus à UNE personne, mais à MA personne. La première mode fut donc, sans surprise, celle du premier objet courant (et roulant) né de la production à la chaîne : la voiture. Eh oui, il fut un temps, vers la fin des années 1950, où l'on « personnalisait » son automobile ; aujourd'hui, on « tune », on « fait du tuning » (de l'anglais *to tune*, « régler ») et l'on est fier d'exhiber sa bagnole, aux performances améliorées et à l'apparence si personnelle (« Trop fort, tes jantes alu et ton bas de caisse ! », « T'as vu mes nouvelles enceintes ? J'te dis pas la vibration des basses ! »). Heureusement, *personnaliser* eut aussi des goûts moins tapageurs : qu'il fait bon rentrer chez soi, dans son intérieur *personnalisé* ou customisé (de l'anglais *to customize*, « personnaliser ») !

Et *personnifier* dans cette histoire ? Viré ? Oublié ? Non : occupé à consolider son sens tout en étendant son usage aux paillettes et à la commercialisation... Plutôt que de tout abandonner pour la publicité, comme l'avait fait son cousin, *personnifier* n'y prit que ce qu'il estima pouvoir lui servir : les marques ! En effet, les publicitaires comprirent très vite l'intérêt de donner un visage (connu si possible) à celles-ci, en un mot, de les *personnifier* ! Il suffit de citer quelques égéries pour les associer automatiquement à une marque : Claudia Schiffer, Johnny, Madonna... Le summum en la matière étant de créer une bonne tête (avec le tas de muscles qu'il y a en dessous) et de l'imposer : quelle ménagère n'a pas son Mr. Propre ?

Malgré cette extension efficace de son usage vers un contexte moins littéraire (bien qu'aujourd'hui littérature et publicité ne fassent parfois plus qu'un), *personnifier* – resté, à quelques exceptions près, dans le seul giron des concepteurs du système – ne parvint jamais plus à rivaliser avec *personnaliser* – offert, lui, aux mains des consommateurs –, à la popularité croissante en fonction de l'apparition des nouvelles possibilités technologiques : l'ordinateur (dont on *personnalise* le « bureau »), le GSM (dont on *personnalise* l'écran et la sonnerie)… jusqu'au tout récent livre électronique (qui permet de *personnaliser* les paramètres d'affichage du texte : choix de la police, taille des caractères et des marges, format de la page…).

Les origines communes de nos deux loustics et leur union sémantique longue de plusieurs siècles sont aujourd'hui reléguées au second plan par l'ascension fulgurante de *personnaliser* et le succès de sa nouvelle signification. Ce mélange contradictoire de vieille complicité (nos deux mots, à l'unisson : « On a personnifié / personnalisé les cochons ensemble ! ») et d'inimitié actuelle (« On se connaît ? ») est tel que lorsqu'on prononce un *personnifier* en lieu et place du *personnaliser* attendu, on perçoit vaguement l'incongruité du verbe dans notre bouche, on doute même un instant de son existence, on se le répète intérieurement (*per-son-ni-fier*) – on finit la phrase avec un sentiment d'incomplétude qu'on ne parvient pas à expliquer.

Plus fréquente encore est la confusion inverse. *Personnaliser* a désormais acquis un tel monopole qu'on y recourt parfois – à tort ? – lorsqu'on veut évoquer une… personnification ! Erreur ? Faute ? Sacrilège ? Et si ce n'était que la réminiscence inconsciente d'un sens disparu ? Comment ça, disparu ? Certains dictionnaires ne persistent-ils pas à mentionner cette acception, non sans la faire précéder d'une indication d'usage (ou d'usure ?) : « Vieilli » ? Pas mort, donc.

Personnaliser, *personnifier*. Les deux verbes sont bel et bien ancrés en nous. Mais comme à notre insu. On ne les maîtrise plus qu'aléatoirement : lorsqu'on prend un mot pour l'autre, on peut trouver sa sonorité étrange tout à coup, mais on ne réalise pas notre méprise – les deux cousins s'éclipsent mutuellement.

Aujourd'hui, *personnaliser* a plus que jamais la cote, c'est sûr ; malgré tout, on ne manquera pas une occasion de glisser un petit *personnifier* – dont l'emploi ou l'application peuvent se révéler étonnamment modernes. Pourtant, le gaillard a aussi ses finesses sémantiques, qui n'encouragent pas à tenter l'exercice… Percevez-vous exactement la même signification du verbe dans « Molière personnifie l'avarice » et dans « Harpagon personnifie l'avarice » ? Dans un cas, il s'agit d'attribuer à une chose inanimée les aptitudes d'un être humain… autre que soi-même ; dans l'autre, d'être soi-même la représentation d'une abstraction. Molière « humanise » l'avarice sous les traits d'Harpagon ; Harpagon « incarne » l'avarice.

Mais *personnifier* ne s'arrête pas là : ses deux sens se déclinent chacun avec subtilité.

D'une part, « incarner ». Dans la fable « La Cigale et la Fourmi », la fourmi *personnifie* la prévoyance : cela peut aussi bien signifier qu'elle en est la simple représentation ou qu'elle en est le symbole absolu – la fourmi est l'exemple de la prévoyance au plus haut degré : elle *personnifie en soi* la prévoyance ou, must des formulations, la prévoyance *se personnifie* dans la fourmi !

D'autre part, « humaniser ». Si l'on peut dire que La Fontaine *personnifie* la prévoyance (sous les traits d'une fourmi), on peut également dire, au préalable, que l'auteur *personnifie* une fourmi : il lui attribue les aptitudes d'un être humain. C'est la personnification des animaux ! Les enfants en savent quelque chose : rien de tel qu'un bon dessin « animé », où toute chose a la parole. C'est aussi une figure de style appelée prosopopée (du grec *προσωποποιειν*, « personnifier », issu de *προσωπον*, « masque » !) qui consiste à faire parler ou agir un animal, un absent ou un mort. Dans la vie réelle, l'identification des bêtes à l'homme peut poser de vrais problèmes : ainsi, il y a peu, au décès d'une milliardaire américaine, ses descendants apprirent avec stupeur (et aboiements) que celle-ci avait légué sa fortune… à son fidèle quadrupède ! Ah ! ces familles où les chiens sont élevés au rang de personne… voire de dieu domestique !

D'ailleurs, *personnifier* a plus d'un atome crochu avec *diviniser* : depuis la nuit des temps et dans toutes les mythologies, la personnification des éléments de la (Dame !) Nature ne rejoint-elle pas leur divinisation ? Neptune, dieu/personnification de la mer ; Râ, dieu/personnification du Soleil… Que dire du panthéisme, de l'animisme, du fétichisme ? Mais si les dieux *personnifient* la Nature, l'Univers, le Bien… peut-on *personnifier* les dieux ? Pas tous… Ni même tous les prophètes... Rappelons-nous l'indignation provoquée par les caricatures de Mahomet dans la presse ! Et cet ours en peluche qu'une institutrice britannique avait eu l'idée malheureuse de baptiser du nom du prophète musulman ! Pauvre Teddy Bear...

Pour terminer, revenons-en à la starification actuelle de *personnaliser* et à sa carrière dans la pub. Le marketing direct connaît des heures de gloire grâce à l'outil rêvé de tous les prospecteurs : Internet. Quel site de vente en ligne n'a pas encore développé la création automatique de pages Web adaptées aux intérêts de l'internaute ? Lu et relu sur la Toile : « Mes Conseils Personnalisés », « Votre page à votre image », « Recommandé pour Bertrand » (suivi, entre parenthèses, de l'aveu de dénégation de l'être humain : « Si vous n'êtes pas Bertrand, cliquez ici »), « Vous avez regardé... Vous apprécierez également... »... voire l'extension de la personnalisation à un groupe de consommateurs : « Les clients ayant effectué des recherches similaires ont acheté... »

Transition parfaite pour évoquer l'un des concepts les plus en vogue sur les vagues du Web : les sites communautaires. Facebook, MySpace, YouTube... rassemblent les frères que nous sommes tous autour d'affinités partagées : en dévoilant nos centres d'intérêt, nous nous élevons nous-mêmes en cibles – les publicitaires n'ont plus qu'à faire semblant de viser ! Même *personnifier* trouve et... ouvre son compte dans ces réseaux : sur Facebook, par exemple, plusieurs marques ont un profil individuel ou un groupe en leur honneur… et leurs membres se comptent par milliers.

Enfin, les internautes-consommateurs ne sont pas en reste : eux aussi peuvent jouer avec *personnaliser*. Connaissez-vous ces sites où l'on peut à loisir *personnaliser* des… personnages (!) tels que les Simpson ou Martine ? Ah ! votre patron en Simpson, qu'est-ce que ça le rend plus sympathique ! Et ces couvertures des livres de notre enfance surmontées de titres *personnalisés*, souvent reflets de l'actualité : *Martine a loupé son test ADN*, *Martine travaille plus pour gagner plus*… Mais voudrait-on lire ces bouquins ? On parle aussi de *tuning* et de *custom* dans le monde des jeux vidéo pour désigner une génération de jeux dans lesquels les éléments sont créés par l'utilisateur (par exemple : les Sims, Second Life…).

Mais au-delà de ces amusements, *personnaliser* a pour les internautes un peu accros un enjeu bien plus crucial : l'exhibition de leur ego. C'est ce que permet un site comme MySpace où chaque membre *personnalise* sa page pour montrer « qui il est vraiment ». Il s'agit de lier, non plus à UNE personne ni à MA personne, mais à MA PERSONNALITÉ : ce qui fait que je suis Moi et pas un autre, que je suis cet être unique et exceptionnel qui vous fait l'honneur de dévoiler une partie de soi-même, que dis-je, qui vous fait un véritable don de soi !

La personnalisation serait-elle la générosité des hommes du XXIe siècle ?

prodige, prodigue

Monstrueux !

Quoi ? Ne peut-on aimer les enfants sainement, sans que pleuvent les qualificatifs orduriers ? À moins que ce ne soient les… enfants eux-mêmes que vous invectiviez de la sorte ? Non ? Oui ? Comment ça, non, enfin oui ? Ah, oui, mais uniquement les enfants *prodiges* et les enfants *prodigues* ? *Prodige* et *prodigue* sont monstrueux ? Donc les enfants qu'ils accompagnent le sont aussi ? Quoi ? Vous aimez les enfants… tous les enfants… ah… et *prodige* et *prodigue* aussi ? Mais alors… Comment ça, je ne sais pas ce qu'est un « monstre » ? Bon, je vous laisse la parole…

Une éclipse, un tsunami, une comète, le comportement insolite d'une bête, ou encore la naissance d'êtres bicéphales, nains, bossus, hermaphrodites, manchots et d'autres créatures difformes, humaines ou animales : *prodiges* ! Aux temps de la République romaine, un *prodigium* était l'un de ces signes divins, en rupture avec l'ordre cosmique et naturel, destinés à avertir les hommes d'une menace ou d'un événement néfaste imminent... Les Romains avaient plusieurs termes pour désigner ces phénomènes dans lesquels ils voyaient des présages, parmi lesquels *prodigium* et... *monstrum* ! Tous deux sont dérivés de verbes aux significations proches : pour l'un, *pro* joint à un élément apparenté à *agere*, « faire avancer devant », et, pour l'autre, *monere*, « attirer l'attention sur ». En gros, *prodigium* et *monstrum* étaient des appels de phares lancés aux mortels par les dieux ! Ces mots, tout empreints de religiosité, servaient donc à désigner non seulement les signes annonciateurs, mais aussi les miracles, les fléaux et les êtres monstrueux, en tant que tels, qui leur servaient en quelque sorte de support – forcément, puisqu'on ne pouvait pas séparer l'avènement de ceux-ci de leur interprétation prophétique...

Passés en français par emprunts, l'un au XIVe l'autre au XIIe siècle, *prodige* et *monstre* ont longtemps conservé leurs valeurs latines... puis celles-ci se sont affaiblies peu à peu. D'abord en évacuant la dimension religieuse : ils ne furent « plus que » de simples « faits incroyables, surnaturels, sortant du cours ordinaire des choses » ou des « êtres malformés », lesquels passèrent du statut d'augures à celui de phénomènes de foire... Ensuite, chaque mot fit route à part et s'appropria *sa* signification : la première pour *prodige*, la seconde pour *monstre*. Enfin, leurs acceptions devinrent de plus en plus lisses et gentilles, jusqu'à celles que l'on connaît aujourd'hui pour *prodige* : événement extraordinaire, qui semble de caractère magique (« Cela tient du prodige ! » dit-on), prouesse qui surprend ou émerveille (même si les « prodiges de la science » n'apportent pas que du bon...), summum d'une qualité (« prodiges de l'art, de beauté, de savoir... ») ou d'une action (vous rendez-vous compte que je déploie des « prodiges de pédagogie », rien que pour vous, dans ce bouquin ?) ou, bien sûr, personne exceptionnellement douée... En tous les cas, les dieux sont prodigieusement absents de ces usages contemporains : de quoi sourire lorsqu'on entend dire de tel individu que c'est un... « sacré prodige » !

Et *prodigue* ? En quoi mérite-t-il d'être fourgué dans le même sac que *prodige* ? Qu'y a-t-il de « monstrueux » en lui ? Question à cinq centimes... : ses dépenses ! En effet, l'adjectif latin *prodigus* (issu lui aussi de *pro* et *agere*) signifiait notamment « dépensier », en parlant de quelqu'un, et « dispendieux, coûteux », à propos des choses – ce dernier sens n'étant pas passé en français.

Prodigue ? L'enfant de la parabole du même nom ! On trouve son histoire dans le Nouveau Testament (Évangile selon saint Luc, chapitre 15, versets 11 à 32) : ayant demandé sa part d'héritage, le jeune insouciant s'en va mener grand train dans un pays lointain jusqu'à ce que, ayant dilapidé tout son pactole et vivant dans la misère, il se décide à revenir chez son père qui, heureux de le retrouver en vie alors qu'il croyait l'avoir perdu, l'accueille en grande pompe… ce qui ne manque pas de susciter, un moment, la jalousie de son frère : bien qu'il ait toujours été assidu au labeur des champs, celui-ci n'a jamais eu droit à la moindre fête !

Depuis cette allégorie du repentir et du pardon (qui a inspiré une foultitude d'artistes, de Rembrandt à Aznavour en passant par Debussy), l'expression « enfant prodigue » appartient au langage courant : elle qualifie le « sale gamin » qui, après quelques écarts et des absences prolongées, retourne chez papa-maman… On parle surtout de « retour de l'enfant prodigue » : formulation dont on abuse tellement qu'on finit par la vider de son sens… Ainsi l'utilise-t-on pour saluer le retour au « bercail » d'un individu ayant tenté en vain sa chance ailleurs (un animateur sur une chaîne de plus grande audience, un joueur de foot dans un club plus prestigieux…) : ceux qui sont restés se font toujours un plaisir de retrouver la grenouille qui a voulu se faire plus grosse que le bœuf (au fond, peut-être que l'échec de l'ambitieux les rassure sur leur propre médiocrité…) – mais cet « enfant prodigue », qu'a-t-il donc… dépensé ? À tout prendre, il vaudrait peut-être mieux opter pour le « retour de l'enfant… prodige » : une manière rusée de consoler un talent des revers subis « ailleurs » et de se réjouir qu'il ne soit prophète… qu'en son pays !

En outre, ces « enfants », *prodigues* ou *prodiges*, n'ont plus vraiment l'âge du bac à sable… Le mot a la valeur figurée de « fils » : il est des nôtres, comme on dit ! Obama ? L'enfant *prodige* de Chicago !

Bien sûr, il existe de « vrais » enfants *prodigues* et de « vrais » enfants *prodiges* : les premiers ne font qu'une belle grosse crise d'adolescence, quand les seconds sont d'une intelligence et / ou d'un génie particulièrement précoces. Mozart, l'enfant *prodige* de la musique, composa ses premières œuvres à… six ans ! Toutefois, en observant un peu mieux l'expression dans son contexte, on se rend compte de ses subtilités : elle peut aussi bien s'appliquer à une tête blonde comme Mozart qu'à un jeune étudiant comme Bill Gates, du moment que leur don est perçu comme précoce dans leur domaine. Elle est d'ailleurs tournée de telle manière que l'enfant *prodige* apparaît comme le « fils de » sa… discipline – Mozart, celui de la musique, Bill Gates, celui de l'informatique…

Pour en revenir à *prodigue* : outre des habitudes de langage quelque peu éloignées de leur source, la parabole nous a laissé des usages plus fidèles. Que l'on songe au proverbe « à père avare, fils prodigue »… bien qu'il soit facile de présenter les dépenses du second comme un contre-pied à l'esprit économe du premier ! Et n'oublions pas « le » *prodigue*, celui que la justice a érigé en nom commun et qu'elle peut décider de placer sous tutelle afin qu'il ne mette plus ses proches en danger en dilapidant son patrimoine…

Heureusement, on peut dépenser autre chose que son argent. Ah bon, quoi ? L'argent… des autres ? Non… Des choses plus profondes, plus essentielles, plus intimes, bien à soi : ainsi est-on *prodigue* de son temps, de ses conseils, ou encore de son sang… *Prodigue* ? Généreux !

Cela dit, même ce *prodigue*-là joue quelquefois de mauvais tours : à être trop magnanime, il en devient suspect. Quel crédit accorder à celui qui est *prodigue* de compliments, de bonnes paroles ou de promesses, mais dont les actes ne suivent pas ?

Du reste, *prodige* ne se défend pas mal non plus. Lui qui, mettant un point d'honneur à atteindre le sommet dans tout ce qu'il entreprend, fait aussi, à l'occasion, mauvais usage de ses talents : si on réalise des *prodiges* de courage ou d'habileté, on peut également accomplir des *prodiges* de… cruauté, par exemple !

Monstrueux, *prodige* et *prodigue* le sont chacun à leurs manières !

rabattre, rebattre

Quoi ? Les oreilles !

Si vous *rebattez* les oreilles à quelqu'un, vous lui cassez les… pieds : vous lui répétez sans cesse la même chose.

Si vous *rabattez* les oreilles d'une personne, vous êtes sûrement très proche d'elle : vous vous amusez à plier ses pavillons !

Entendu ?

« Ouï », mais ce n'est pas tout ! Outre les oreilles (qu'ils « cassent » chacun différemment…), *rabattre* et *rebattre* n'y vont pas de main morte et s'attaquent à d'autres cibles.

Rebattre ? Les cartes, la campagne, un sujet…

Littéralement, battre de nouveau. Au figuré, parcourir, explorer, répéter, traiter pour la énième fois et toujours de la même manière.

Rabattre ? Un arbre, le gibier, le caquet, une somme d'un prix, les avoines, les ornières, une couture, des volets, un chapeau…

Étymologiquement, abattre de nouveau. Par extension, retrancher (« rabattre 40 % d'un prix »), réduire les prétentions (« rabattre l'orgueil », « n'en vouloir rien rabattre »...), tailler (« rabattre un arbre, le couper jusqu'à la naissance des branches »), rabaisser (« rabattre une balle de tennis »), replier, ramener, aplatir, rouler...

Bref, *rebattre* n'est pas *rabattre* : que ça ne tombe plus dans l'oreille d'un sourd !

SUGGESTION

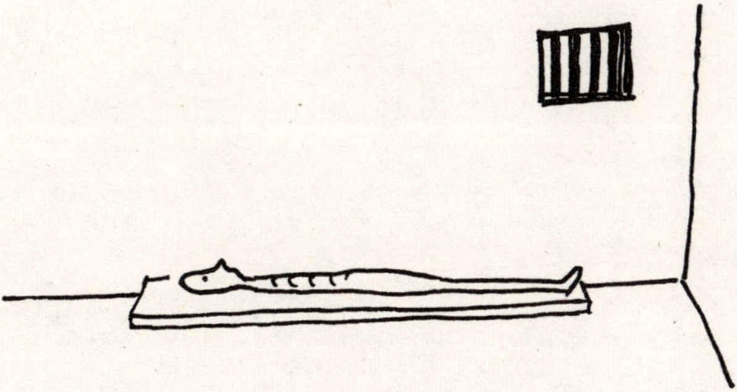

SUJÉTION

suggestion, sujétion

Attention : manipulateurs !

Si *sujétion* (« soumission ») est un pourfendeur notoire des libertés individuelles, *suggestion* (« proposition ») a une frimousse si sympathique qu'on lui donnerait le bon Dieu sans confession. Si on craint le premier, c'est toujours bras ouverts qu'on accueille le généreux second : n'aime-t-on pas à répéter que « toutes les suggestions sont les bienvenues » ?

Même l'étymologie semble conforter notre naïveté d'amphitryons. *Sujétion* et *suggestion* viennent tous deux de verbes latins composés du préfixe *sub-*, marquant la position inférieure (« sous »), greffé au mot d'action : *jacere* (« jeter »), pour l'un, *gerere* (« porter »), pour l'autre.

Subjicere (« mettre sous »… autrement dit « soumettre » !) est passé au français sous diverses formes : l'infinitif fut représenté aux XIIe et XIIIe siècles par *sugester* (« maintenir dans la soumission ») et *sougire* (« soumettre »), le participe passé passif *subjectus* fut emprunté pour engendrer les sujets (« personnes soumises à une autorité ») dont le système féodal s'est nourri (sans trop les nourrir), le neutre *subjectum* nous a offert, également par emprunt, ce… sujet de chronique, « soumis » à notre réflexion, tandis que le dérivé *subjectio* (« action de mettre sous » et « soumission ») a mis en *sujétion* (autrefois *subjection*) des tas de gens qui n'avaient rien demandé !

De son côté, *suggerere*, magnanime, se donna volontiers au français : une première fois au XIIe siècle, lorsque sa forme nominale *suggestio* (« action d'ajouter » et « avis, inspiration ») fut empruntée sur la *suggestion* de locuteurs inspirés ; une deuxième fois, vers la fin du XIVe siècle, lorsque *suggerere* (« fournir » et « suppléer ») s'extirpa tel quel du latin pour étreindre notre langue française, ce qui laisse suggérer quelques moments langoureux !

On le voit : *subjicere* a fait un désastre en français, alors que *suggerere* semble n'avoir apporté que de bonnes choses.

Qu'elles furent toujours nombreuses, les occasions d'opprimer autrui, de le mettre à mal, de l'assujettir (où l'on retrouve le « sujet », l'esclave), voire de le subjuguer (initialement « soumettre un individu par l'ascendant qu'on exerce sur lui » et, étymologiquement, « faire passer sous le joug ») ! L'imagination des tyrans étant sans limites, *sujétion* apprit très tôt à varier ses méthodes, se faisant à loisir soumission (on vit dans la *sujétion* ou on y est tenu, on en tire quelqu'un, et dans le meilleur des cas on s'en affranchit soi-même…), obligation (les besoins de la vie sont parfois de grandes *sujétions*, nos habitudes peuvent en devenir si elles sont trop exigeantes…), contrainte ou encore assiduité, c'est-à-dire « contrainte répétée » (la garde d'un malade, des horaires de travail difficiles, l'éducation d'enfants par une mère seule au foyer…).

Quant à *suggestion*, qui signifia « action de fournir » et « action de faire naître une idée dans l'esprit de quelqu'un sans l'exposer ouvertement » (étymologiquement, de « porter sous ») avant de désigner directement l'idée suggérée, il apparaît aujourd'hui comme la bonne étoile de notre quotidien, l'ami bienveillant qui a toujours le bon mot au bon moment.

Sans surprise donc, dès leur entrée en langue française, *sujétion* fut en première ligne des empêcheurs de penser, non pas en rond, mais tout court, tandis que *suggestion* s'offrit généreusement partout où un manque était à combler : *suggestion* se fit mouvement positif d'ajout d'une donnée à une situation, quand *sujétion* désigna l'état d'un individu dont on a limité ou enlevé la liberté d'agir. Apport, retrait. Bénéfice, perte. Plus, moins. De quoi préférer les « suggestions du chef » à la *sujétion*… au chef – à défaut d'obtenir la « sujétion *du* chef » !

Toutefois, comme pour compenser la perte causée par *sujétion*, fut créée la « prime de sujétion » destinée à dédommager les contraintes résultant de certaines conditions de travail (danger, froid, situation géographique, prestations nocturnes…). Bien inspirés, certains PDG inventèrent dans la foulée une « prime de suggestion » – ou comment pousser le capitalisme à son paroxysme – qui récompense, sous forme de participation aux gains, les salariés fournissant à l'entreprise, *via* une « boîte à idées », la *suggestion* la plus rentable !

Pourtant, à trop vouloir le solliciter (« Faites-nous part de vos suggestions ! »), on offre à *suggestion* la possibilité d'abuser de notre confiance… Bien qu'aujourd'hui il joue au gentleman plus souvent qu'à l'escroc, il traîne un passé sinon inavouable (sauf peut-être sur un divan, mais nous y reviendrons) au moins dérangeant : celui d'un enfant mystérieux qui, à la fois trop lucide pour être compris et pas assez expressif pour susciter l'affection, donna autour de lui l'impression de mettre son intelligence au service du Mal.

Qui ne dit mot… inquiète ; et qui inquiète est rendu coupable de tous les maux ! Quelque chose ne tournait pas rond ? La faute à *suggestion* ! Un malheur dans la famille ? *Suggestion* ! Un mort ? Un seul coupable : *sug-ges-tion* ! Sous ses dehors de saint, *suggestion* serait-il l'acolyte de Satan ? Certains dictionnaires (comme celui de l'Académie ou le *Littré*) voient en lui une « insinuation mauvaise » qui, « quelquefois », se dit « en bonne part » ! Bossuet en fit l'outil du… démon ; Rabelais opposa ce qui a été créé par « inspiration divine » à ce qui, comme l'artillerie, a été inventé par « suggestion diabolicque » ! Faut-il s'en étonner ? La première *suggestion* ne fut-elle pas celle que siffla le serpent à Ève, près de l'arbre aux fruits défendus ?

Suggestion, qui bien sûr n'était aucunement responsable des actes maléfiques qu'on lui attribuait, se fit une manière de vengeance en profitant de sa réputation pour nourrir, réellement cette fois, des intentions peu recommandables… contrariant les héritages les plus attendus ou, au contraire, provoquant les plus improbables : il désigna l'action de faire faire un testament, par artifice ou insinuation, à l'avantage ou au désavantage de quelqu'un. À partir de là, *suggestion* représenta, dans le langage juridique, l'action d'influencer autrui (un testateur par exemple) pour en tirer profit (on parle d'acte suggéré ou fait par *suggestion*). La manœuvre s'étendit naturellement à l'usage courant ; Victor Hugo la qualifia d'« art […] qui consiste à faire dans l'esprit des autres une petite incision où l'on met une idée à soi » – idée : bonne ou… mauvaise !

Poussé au vice, pernicieux, dangereux, habile, *suggestion* prit goût à l'abus : il était prêt à rencontrer… *sujétion* ! Ils devinrent complices. Aujourd'hui encore, ils se servent mutuellement d'appât. Le plus souvent, les insinuations, les propositions, le « pouvoir d'influence » mènent la victime au piège de la soumission : *suggestion* engendre *sujétion*. Hypnotisme, psychanalyse, religions, sectes, publicité… : nombreuses sont les occasions de commettre le méfait !

L'hypnose, définie et utilisée à des fins thérapeutiques à partir des années 1880, est sans doute la démonstration la plus spectaculaire de ce que l'alliance *suggestion-sujétion* est capable de produire. *Suggestion* fit de l'hypnose l'art de plonger un individu dans un état second (ou « sommeil ouvert aux conseils », comme l'écrit le philosophe Alain) et de lui inspirer, par des paroles ou des gestes, un comportement indépendant de sa conscience et de sa volonté. Il s'agit toujours de suggérer quelque chose à quelqu'un, mais « comme sans qu'il le sache » : on dit que l'on « suggestionne » un « sujet » dit « suggestible » (« influençable par suggestion ») !

Si l'emprise de *suggestion* a inspiré aux écrivains et aux cinéastes quelques personnages d'hommes de cirque charlatans (avec l'inévitable cliché du spectateur cobaye qui ne se souvient pas du tour qu'on vient de lui jouer), la *sujétion* qu'il engendre est parfois salutaire : pour de nombreux patients (ou sujets ?), bénie soit l'opération sous hypnose ! En outre, si la *suggestion* peut être « mentale » (la télépathie) ou « hypnotique », on la qualifie parfois de « post-hypnotique » lorsqu'un ordre donné pendant l'hypnose se réalise… plus tard, en conscience éveillée ! Rarissime, mais renversant : *suggestion* est alors dépassé par *sujétion* !

Suggestion est aussi un mot tout-terrain.

Pour lui, les foules ne sont pas seulement sentimentales, elles sont surtout très suggestibles : sorte d'art « physique » de la persuasion, il est l'allié des orateurs, pour le meilleur et pour le pire – sous son charisme, des millions d'Allemands rejoignirent les thèses les plus immondes.

À l'inverse, loin des meetings et des salles de spectacle, *suggestion* aime à se retrouver seul pour faire son examen... d'inconscience : l'« autosuggestion » est une *suggestion* que l'on exerce sur soi-même. Au début du XXe siècle, le thérapeute Émile Coué en fit le principe de sa méthode (à ne pas confondre avec celle d'un animateur télé) : « Faisons-lui croire [à notre propre inconscient] que tel organe qui ne fonctionne pas bien doit bien fonctionner ; instantanément, il lui en transmet l'ordre, et celui-ci obéissant docilement, sa fonction redevient normale » (*La Maîtrise de soi-même par l'autosuggestion consciente*). Selon Coué, la *suggestion* (ou « hétérosuggestion ») exercée par le médecin sur le patient doit se transformer chez celui-ci en autosuggestion pour prendre effet, autrement dit le sujet doit faire sienne la volonté – quasi messianique – du médecin : lève-toi et marche ! Et... ça marche : à son époque, Coué guérissait de la sorte les pathologies les plus variées (jusqu'aux hémorragies les plus urgentes !) – le placebo n'est pas réservé aux hypocondriaques !

De nos jours, l'autosuggestion est plutôt une pratique de détente basée, par exemple, sur la répétition de quelques exercices simples d'inspiration et d'expiration accompagnés de pensées positives (« Je suis détendu, je suis serein, je me sens bien... ») : soyons zen ! Quant à l'« autosujétion », le mot n'est pas dans les dictionnaires, sinon dans celui, qui reste à écrire (une *suggestion* ?), des pratiques sadomasochistes !

Soucieux de respecter au maximum la personnalité de ses patients, Freud prit ses distances avec eux et avec… *suggestion* : à l'hypnose, fondée sur le pouvoir d'influence du thérapeute envers le sujet, le grand Sigmund préféra la psychanalyse, grâce à laquelle l'analyste se retira dans un espace d'observation neutre. On ne parla plus de *suggestion*, mais de « transfert » : s'étendre sur un divan et parler librement à L'Oreille absolue, simplement pour s'entendre dire des choses dont on ne se doutait pas et que la seule présence de L'Oreille nous a permis de ramener à la surface, voilà l'exutoire rêvé par tous, désormais accessible contre quelques gros billets ! Toutefois, de nombreux psychanalystes contestent encore aujourd'hui la prétendue objectivation absolue de la relation thérapeutique : selon eux, l'analyste exerce toujours une influence, même minime, sur le patient – ne fût-ce que par sa seule présence, nécessaire à la confidence…

On croyait que le pouvoir était l'apanage de *sujétion* ; c'était oublier l'usage que lui réserve *suggestion* ! Et quel usage ! Freud croyait s'être débarrassé de *suggestion* ; ses théories furent pourtant récupérées pour influencer et agir sur l'inconscient des… consommateurs ! La publicité en fit ses choux gras : « mécaniste », elle créa des automatismes inconscients, quasi pavloviens ;

« suggestive », elle se mit à solliciter, par l'image, les sens du spectateur en recourant à ses pulsions (voilà Freud), enfouies dans son inconscient : fantasmes sexuels et/ou de toute-puissance (voilà déjà *sujétion*), projection de soi, identification à un Moi idéal, principe de plaisir/déplaisir, etc. Ne parlons même pas des messages « subliminaux » (de *sub-* et *limen*, « seuil ») ! Enfin, la pub ne serait rien si elle n'avait pas le… hoquet ! *Suggestion* a fait sien le proverbe latin « *Bis repetita placent* » : en publicité, le « pouvoir de suggestion » est donc l'action répétée d'une image sur l'inconscient, pour mettre le consommateur en *sujétion*… et les briques dans la caisse.

On parle aussi de « pouvoir de suggestion » dans un sens plus usuel, à propos d'une œuvre d'art (tableau, sculpture, musique, chorégraphie, roman, film…) ou de toute chose qui éveille particulièrement l'activité de l'esprit : on dit alors de cette œuvre ou de cette chose qu'elle est « suggestive », ou encore qu'elle a une certaine « suggestivité » – à ne pas confondre avec la « suggestibilité » des personnes influençables ! Toutefois, l'adjectif est souvent connoté : si une musique dite suggestive est simplement « évocatrice » ou « expressive », une pose suggestive est carrément « provocante ». C'est que « suggestif » est une francisation (XIXe siècle) de… l'anglais *suggestive*, signifiant « qui suggère », dérivé de *to suggest* (formé à partir du latin), et fut d'abord employé dans un contexte… érotique ! Cette acception isolée a ensuite contaminé le sémantisme des autres mots de la série, dont *suggestion*… Alors que j'écris ce billet, j'entends à la radio un critique de cinéma déclarer, à propos de telle célèbre actrice jouant dans tel film, qu'elle y excelle par le « pouvoir de suggestion » qu'elle dégage, faisant monter la sève du désir pendant une heure trente sans jamais rien dévoiler. « Le feu sous la glace, ajoute le chroniqueur, avant de conclure : c'est une espèce de bombe sexuelle… démoniaque ! » Comme quoi, *suggestion* n'en a pas encore fini avec ses vieux… démons !

Suggestion lave plus blanc que blanc : surtout les cerveaux ! L'utilisation de la publicité, et de la télévision en général, pour assujettir les individus ne tarda pas à être dénoncée. Par exemple, en 2004, la commission de Justice du Sénat italien a approuvé un projet de loi visant à introduire dans le Code pénal un nouvel article condamnant tout groupe ou toute personne qui, « au moyen de techniques de conditionnement de la personnalité ou de techniques de suggestion pratiquées avec des moyens matériels [notamment la télévision !] ou psychologiques, met quelqu'un dans un état de sujétion continue propre à exclure ou à limiter grandement la liberté d'autodétermination ».

Si la *suggestion* mène à la *sujétion*, celle-ci est ensuite exploitée : le lavage de cerveau est suivi d'un… bourrage de crâne ! Toutes les sectes en ont fait leur processus de « recrutement » des nouveaux membres. Dans son livret publié en 1955 et intitulé on ne peut plus clairement (proprement ?)

Lavage de cerveau, Ron Hubbard, le fondateur de la scientologie, décrivit les techniques d'endoctrinement des jeunes moutons (et de certains futurs acteurs de cinéma) : après avoir détruit l'individualité humaine (par torture psychique et physique), il suffit de se servir des « fragments utilisables, bétonnés par la suggestion, afin de reconstruire une personnalité entièrement différente ». Et de conclure : « La victime est reconnaissante d'être à nouveau orientée. » Plus blanc que blanc…

… ou plus catholique que le pape ? Des sectes aux religions, les mécanismes d'endoctrinement, de *suggestion*, sont peut-être moins violents (quoique), mais le but ultime reste inchangé : l'abandon total, l'obéissance absolue, la mort de la personnalité individuelle. Ainsi s'acquiert la sainteté chez les chrétiens, dans la *sujétion* permanente de la vie religieuse. Mais ne soyons pas si durs avec ceux qui vivent dans la *sujétion* à Dieu. D'une part, ce n'est évidemment pas de cette façon que les croyants « moyens » envisagent leur foi, tout à la recherche qu'ils sont de l'harmonie avec les autres et de leur épanouissement personnel. D'autre part, l'exaltation de la Foi peut se révéler salvatrice ; ainsi s'expliqueraient les miracles de Lourdes : après que la *suggestion* (« Crois ! ») a créé la *sujétion*, la *sujétion* (« Je crois ») crée l'autosuggestion (« donc je guéris ») !

Manipulateurs, complices : pas étonnant qu'on les confonde si souvent ! Désormais, on distinguera bien *sujétion* (prononcez *su-jé-ssion*) et *suggestion* (*suG-jèss-Tion*) – une jambe, deux guiboles. Qu'elle est loin l'image du brave et inoffensif *suggestion* : pas sûr qu'il soit encore auprès de vous en odeur de sainteté !

Table

RÉALISATION : PAO ÉDITIONS DU SEUIL
IMPRESSION : CPI BRODARD ET TAUPIN À LA FLÈCHE
DÉPÔT LÉGAL : SEPTEMBRE 2009. N° 98340-2. (56081)
IMPRIMÉ EN FRANCE